4°S
1280

RÉPUBLIQUE FRANÇAISE

DÉPARTEMENT DU NORD

CHAMPS

DE DÉMONSTRATION ET D'EXPÉRIENCES AGRICOLES

DE 1889-90

RAPPORT

DE

M. Louis COMON,

PROFESSEUR DÉPARTEMENTAL D'AGRICULTURE

LILLE

IMPRIMERIE L. DANEL

1891

RÉPUBLIQUE FRANÇAISE.

DÉPARTEMENT DU NORD.

CHAMPS

DE DÉMONSTRATION ET D'EXPÉRIENCES AGRICOLES

DE 1889-90

RAPPORT

DE

M. Louis COMON,

PROFESSEUR DÉPARTEMENTAL D'AGRICULTURE.

LILLE,

IMPRIMERIE L. DANEL,

1891

RAPPORT

ADRESSÉ

A Monsieur le Ministre de l'Agriculture

ET

A Monsieur le Préfet du Nord.

———

Le présent rapport se compose de deux parties :

Dans la première, nous décrirons l'organisation du service des champs d'expériences et de démonstration en 1889-90. — La seconde sera consacrée à la description des champs installés pendant cette campagne, et à la discussion des résultats obtenus.

PREMIÈRE PARTIE.

Notre première préoccupation, dès notre arrivée dans le département (août 1889), fut d'entreprendre une enquête préalable sur l'agriculture du Nord, et tout ce qui la touche. — En visitant nos sept arrondissements, si divers comme sol et comme productions, en nous renseignant aussi auprès des hommes qui, par leur situation pouvaient nous éclairer, nous pûmes avoir une idée assez exacte des cultures du pays, des procédés employés, des perfectionnements à y apporter. Cette enquête fut forcément de courte durée, puisqu'il n'y avait pas de temps à perdre ; elle ne fut que sommaire, mais elle nous permit néanmoins de nous tracer une ligne de conduite, c'est-à-dire de choisir la méthode la plus apte à rendre quelques services à l'agriculture du pays, et par suite, d'adopter une organisation permettant d'arriver au but à atteindre.

Il s'agit d'une œuvre d'*étude* et de *vulgarisation*. L'*étude*, pour les questions non résolues, les cultures peu étudiées ; la *vulgarisation* pour les faits et les méthodes définitivement acquis à la science et à la pratique, mais non encore acceptés par la totalité des agriculteurs, ou méconnus par eux.

Les champs d'expériences sont destinés à cette *étude*, les champs de démonstrations, à cette *vulgarisation*.

L'organisation que nous allons décrire concerne les deux.

Le département du Nord était autrefois le berceau des plantes industrielles. — La culture en était très variée et florissante. — Aujourd'hui, les conditions économiques sont modifiées. Les plantes industrielles sont abandonnées, et chacun s'est rejeté du côté de la betterave, qui depuis 1884 semble être la seule planche de salut de la culture intensive de la région. Dans un pays où la terre, malgré la baisse, est encore d'un prix très élevé, où la valeur locative est souvent très forte, où la main-d'œuvre est abondante et exercée, où les débouchés et les transports sont faciles, une culture intensive s'impose. Aucune plante ne se prête mieux que la betterave à sucre à un tel système, et il est impossible de contester que cette culture est dans le Nord sur son véritable terrain. — Elle conservera toujours, quoi qu'il arrive, la grande importance qui lui revient, et c'est justice. Mais tout observateur consciencieux et prévoyant, ne peut s'empêcher de se demander ce qu'il adviendra, si un jour, pour une cause imprévue, la culture de la betterave devenait impossible.

Le coup serait rude pour nos cultivateurs, à qui une plante industrielle est indispensable, car dans les circonstances actuelles, ils ne pourraient remplacer cette culture par aucune autre.

Les plantes oléagineuses sont délaissées complètement, depuis que l'usage des huiles minérales se répand de plus en plus, et que les procédés d'éclairage se perfectionnent de jour en jour, les produits de ces cultures sont absolument insuffisants.

Les textiles sont également abandonnés ; le lin, qui était autrefois l'une des grandes richesses agricoles du pays, ne rapporte plus que 6 ou 800 francs par hectare dans les meilleures conditions, alors qu'autrefois les produits étaient au moins du double. — La concurrence étrangère est encore ici la grande cause de l'avilissement des prix du lin, et de l'autre textile cultivé dans le Nord : le chanvre. La culture du houblon, qui a une certaine importance dans nos arrondissements d'Hazebrouck, d'Avesnes et de Cambrai, n'est plus en faveur, et l'importance de nos houblonnières diminue chaque année. Si l'on ajoute à cela que la chicorée ne peut se cultiver partout, et par suite n'est pas à même de prendre une extension importante, non plus que le tabac, qui lui aussi, est très aléatoire, on a le droit de se demander de quel côté se tournerait le cultivateur, s'il était obligé de cesser la culture de la betterave.

On sait que la défaveur que supportent aujourd'hui ces plantes, ne provient pas de diminutions dans les rendements, mais uniquement des circonstances économiques, qui ont fait fléchir les prix de vente de leurs produits, et il est bien naturel de voir nos agriculteurs demander des droits de douane, qui pourraient leur rendre les prix d'autrefois. Il est bien probable que ces cultures ne pourraient, dans le présent, du moins, redevenir florissantes que par ces moyens, mais il n'est pas douteux que l'on peut néanmoins améliorer la culture de la plupart d'entre elles, dans une plus ou moins grande proportion, et espérer peut-être parvenir à les rendre, sinon très productives, du moins possibles. — C'est là notre but.

La culture d'aujourd'hui n'est plus celle d'autrefois. On a, par l'étude, amélioré certaines plantes, et l'on est arrivé, au moyen d'engrais appropriés, de variétés d'importation, et de variétés de sélection, à transformer complètement certaines cultures. On ne peut nier, en effet, que la culture des céréales a été, depuis quelques années, fort améliorée. La seule importation de certaines variétés productives peut augmenter le rendement de plusieurs hectolitres à l'hectare; celle de la betterave est connue actuellement sous toutes ses faces, et personne aujourd'hui ne songerait à contester l'influence prédominante de la sélection sur cette plante.

Les circonstances ont fait que tous les efforts se sont principalement portés sur les céréales et la betterave, et que nos vieilles plantes industrielles ont été délaissées; elles n'ont jamais été l'objet d'aucune amélioration suivant les procédés modernes, et c'est d'elles qu'il y aurait lieu de s'occuper, non pas pour leur rendre leur ancienne faveur, mais comme nous l'écrivions plus haut, pour les rendre possibles.

Nous avons pensé que c'était de ce côté qu'il y avait lieu de porter tous nos efforts, et c'est par l'institution de *champs d'expériences* que nous comptons y arriver. Quand plus tard, nous nous sentirons sur la voie d'une amélioration, quand, par des essais successifs entrepris dans des conditions différentes, nous aurons obtenu des faits bien établis, nous les vulgariserons alors par les *champs de démonstration.*

Dès cette année, nous sommes arrivé à cette seconde étape, pour le lin. — Depuis quatre ans nous avions commencé l'étude de certaines questions relatives à cette plante; on trouvera plus loin les résultats des essais entrepris dans le Nord en 1890, qui ont complètement confirmé nos précédentes expériences. — Nous sommes en possession de faits acquis. — Nous comptons commencer à les vulgariser en 1891 en établissant un certain nombre de champs de démonstration sur lin.

Nous avons commencé également en 1890 l'étude de la remarquable variété féculière de pommes de terre, dont les qualités ont été mises en lumière depuis quelques années par M. Aimé Girard : la *Richters Imperator*. — C'est le début d'une série d'essais que nous espérons continuer les années suivantes.

L'an prochain, nous comptons commencer l'étude du houblon, dont la culture peut probablement, soit par les engrais, soit par l'introduction de variétés étrangères, soit aussi par la modification des procédés de cueillette et de séchage, être améliorée.

Nous nous arrêterons de nouveau sur ces importantes questions dans la partie descriptive de ce rapport. Ce que nous venons de dire de ces questions n'est destiné qu'à faire part de mes tendances, qu'à montrer la voie dans laquelle nous avons résolu de nous engager, persuadé que nous suivons le meilleur chemin pour être utile à la culture du département, et qui consiste à étudier dans les *champs d'expériences* principalement les plantes industrielles du pays, et à vulgariser plus tard les résultats acquis par les *champs de démonstration*, où des réunions sur le terrain, auxquelles sont convoqués les agriculteurs des environs, sont organisées peu avant la récolte, comme nous le verrons d'ailleurs plus loin.

Nous verrons également plus loin, que les céréales ne seront néanmoins point oubliées. Il est, en effet, de nombreuses communes où il est encore nécessaire de faire connaître les principales variétés améliorées, et nous leur consacrons ainsi que les années suivantes, un certain nombre de champs de démonstration.

CHOIX DES COLLABORATEURS ET RÉPARTITION DES CHAMPS.

Une condition essentielle de réussite, quand on crée un ensemble d'expériences agricoles, réparties dans tout un département, est de s'assurer le concours de bons collaborateurs. — C'était un des points les plus difficiles à réaliser, car il nous fallait rechercher les personnes remplissant les conditions requises, dès notre arrivée dans le département, c'est-à-dire à un moment où nous ne pouvions connaître qu'un nombre très restreint de cultivateurs. Cette difficulté fut néanmoins surmontée assez facilement, principalement parce qu'un certain nombre de cultivateurs se présentèrent d'eux-mêmes, et que les bonnes volontés ne sont pas rares dans le département du Nord.

Si nos champs d'essais étaient *des champs de recherches*, où les expériences sont très délicates, et où une précision mathématique doit présider à toutes les opérations de cultures, nous nous adresserions probablement le plus souvent à des cultivateurs amateurs, parce que c'est dans cette catégorie que nous aurions le plus de chances de rencontrer des agriculteurs qui ont le temps nécessaire pour surveiller d'une manière continue les opérations délicates relatives à des expériences dont une condition indispensable est la précision.

Nous avons vu que tel n'est pas notre but; nous n'entreprenons, même dans nos *champs d'expériences*, que des essais dont les résultats doivent profiter immédiatement à la pratique, et nos *champs de démonstration* sont exclusivement réservés à la vulgarisation de faits acquis. Nos essais sont donc avant tout pratiques, et, par suite, faits chez des *praticiens*.

Nos champs sont installés chez le propriétaire comme chez son fermier, chez le grand cultivateur comme chez le petit ménager, car on peut rencontrer de bons praticiens dans toutes les classes agricoles de notre département. Nous n'oublions pas que d'une manière générale, nos essais sont moins destinés à découvrir quelque chose, qu'à servir d'exemples aux cultivateurs des environs. — Si nous tenons à ce que ces essais soient à la portée de tous, il faut les installer chez des hommes du métier, et c'est une condition essentielle à la réussite de la vulgarisation qu'ils sont appelés à effectuer.

De très utiles auxiliaires, sont les instituteurs; nous avons voulu les engager à s'occuper de choses agricoles, en leur offrant les semences et les engrais dont ils ont besoin pour leurs petits essais, et M. Brunel, directeur départemental de l'enseignement primaire, les encourage beaucoup dans cette voie.

Les résultats de ces petites expériences qui nous ont été communiqués et dont nous donnerons ci-après, quelques-uns, nous ont permis, par les rapports qui les accompagnent, de discerner parmi leurs auteurs ceux d'entre eux qui peuvent, dans la suite, nous être d'un certain secours pour l'installation de champs de démonstration.

Nous avons toujours cherché, dans l'installation de nos champs, à proportionner l'importance des essais, et par conséquent les difficultés d'exécution, aux moyens dont peut disposer chaque cultivateur

C'est ce qui fait que la répartition des champs dans le département peut paraître irrégulière; certains cantons peuvent avoir jusqu'à trois champs, tandis que d'autres n'en ont pas en 1889-1890. Il est vrai de dire que dans ce cas les champs ne peuvent avoir grande importance, s'ils sont subventionnés. — S'ils sont établis aux frais des cultivateurs, des groupes de deux et trois champs dans un canton ne peuvent avoir d'inconvénient.

La répartition des essais dans le département devrait être nécessairement subordonnée, surtout pour une première année, aux relations que nous avons pu nous créer; et l'on conviendra, que si dans certains arrondissements on trouve plus de demandes que dans d'autres, il est bien naturel de satisfaire les bonnes volontés, tout en cherchant, dans la suite, à réparer les inégalités et les imperfections inévitables d'une organisation nouvelle.

Il serait à désirer que dans le Nord, nous arrivions à établir, comme cela existe dans d'autres départements, un champ sérieux par canton. Cette limite nous semble *a priori* bien difficile à atteindre; si la chose est possible dans des départements qui comptent 20 ou 25 cantons, elle ne l'est plus dans notre département où ce chiffre s'élève à 55 cantons ruraux, surtout par suite des difficultés de répartition signalées plus haut.

CHOIX DES CHAMPS.

Il serait désirable que tous les champs de démonstration ou d'expériences fussent établis sur des terres qui représentent exactement la moyenne de celles du pays. Malheureusement, dans la pratique, ce desideratum est bien difficile à réaliser. Chacun sait, en effet, que dans chaque commune, et à plus forte raison dans chaque canton, il y a des terres de natures différentes, et que chaque espèce de terre est dans un état de fertilité différent, suivant le mode de culture antérieurement suivi.

Ne pouvant expérimenter sur toutes les terres, nous choisissons autant que possible un sol représentant *approximativement* la majorité des terres des environs, comme nature et comme fertilité ; mais il nous est souvent arrivé de rechercher les mauvaises terres, de façon à rester plutôt en dessous de la moyenne, et ce n'est qu'exceptionnellement que nous avons établi nos essais sur des terres au-dessus de cette moyenne.

Mais ce que nous avons toujours recherché avant tout, c'est l'homogénéité du sol, dans toutes les parties de la pièce, condition indispensable à la réussite de tout essai sérieux.

Nos champs ont été mis en évidence, et ont un accès facile. Ils sont, quand faire se peut, rapprochés d'une station de chemin de fer, à proximité d'une commune importante, le long d'une grande route ou d'un chemin fréquenté. Un ou deux poteaux indicateurs portent l'inscription : *Département du Nord ; champ d'expériences agricoles.*

Lorsque le champ n'a pu être installé à côté de la route, les écriteaux indiquent le chemin à suivre pour l'atteindre. C'est dans ce cas, qu'il nous est même arrivé, pour les réunions, d'employer un oriflamme au haut d'un mât. Ce signe se voit de loin et attire l'attention ; on s'y rend, c'est ce que nous demandons.

CONDITIONS D'INSTALLATION.

Les conditions d'installation sont très variables. Elles diffèrent suivant la nature des essais à tenter, le milieu où l'on opère, et surtout les moyens d'action dont dispose le cultivateur chez qui le champ est installé.

Les uns sont installés pour une année, les autres pour une rotation, d'autres encore ne sont pas subventionnés, et le Département et l'État n'ont à leur charge que la part de frais généraux (affiches, imprimés, étiquettes, écriteaux, etc.).

Voici les conditions les plus fréquemment consenties avec les cultivateurs

Art. I. — Le propriétaire ou fermier s'engage à fournir gratuitement pour la campagne 1889-1890 (ou pour une période déterminée) :

1° La terre (habituellement de 60 à 150 ares) ;

2° Le fumier (pour les parcelles qui en reçoivent) ;

3° Les travaux des attelages et la main-d'œuvre pour la préparation du sol, les ensemencements, l'entretien pendant la végétation, la récolte et la pesée des produits.

Art. II. — Le Département et l'État ont à leur charge :

1° Les engrais de commerce, sauf pour la partie *témoin* ;

2° Les semences d'importation ;

3° Les frais de transport des engrais et des semences fournis par le département et l'État.

Art. III. — Le propriétaire ou fermier bénéficie des produits du champ.

Art. IV. — La direction du champ appartient au professeur départemental d'agriculture ; cependant il est naturel que ce fonctionnaire s'entende avec le propriétaire sur les cultures à entreprendre et les variétés à semer. Ils conviennent ensemble de la préparation des terres, de tous les détails de la culture, des précautions à prendre, et enfin fixent le jour de la récolte. Le professeur d'agriculture assiste, *si possible*, aux semailles et à la récolte, ou à la pesée des produits, à laquelle assiste une commission spéciale nommée par le Préfet.

Il réunit une ou plusieurs fois, si les essais sont réussis, les agriculteurs des environs du champ d'expériences, et leur explique sur le terrain les essais qui ont été tentés. La convocation à cette réunion a lieu par voie d'affiches.

Art V. — Le propriétaire ou fermier s'engage à récolter et à peser *séparément* les produits des différentes parcelles composant le champ, et à suivre rigoureusement les instructions du professeur départemental d'agriculture.

DISPOSITION DES ESSAIS.

Qu'il s'agisse de champs de démonstration ou d'expériences, la disposition des essais est la même ; la seule différence qui existe *sous ce rapport*, presque constamment, est que le champ d'expériences comporte toujours un plus grand nombre de bandes ou de parcelles que le champ de démonstration, dont le nombre de bandes, dans sa plus simple expression, est réduit quelquefois à deux : la bande témoin et la bande d'essai.

Les dispositifs adoptés peuvent, suivant les cas, se classer en trois catégories :

1º Champ d'expériences ou de démonstration de variétés ;
2º   id.   id.   d'engrais ;
3º   id.   id.   mixtes (d'engrais et de variétés).

Champs de variétés. — Les différentes variétés sont rangées côte à côte, en bandes assez longues pour permettre l'emploi du semoir. Elles sont séparées par des sentiers *ss* de 25 à 50 centimètres (suivant les cas) qui permettent aux visiteurs de circuler librement sans endommager les récoltes.

Les sentiers ont en général 0^m50 sur le pourtour des essais, et 1^m quand ce sont des sentiers d'accès au champ.

Aux deux extrémités de la pièce, on laisse toujours une fourrière de 5 mètres de large FF, nécessaire pour faciliter les tournées du semoir, et protéger les récoltes d'essai du voisinage de la route. Sur les côtés *ff*, elles sont beaucoup moins larges et peuvent se réduire à 2 mètres. Ces fourrières sont généralement ensemencées au moyen du mélange des graines de chaque variété, restant dans la trémie du semoir.

C'est dans la fourrière contre la route, qu'est placé le poteau indicateur X mentionné plus haut. En tête de chaque variété, des

écriteaux plus petits sont placés en xxx; ils indiquent aux visiteurs :
1° le nom de la variété ; 2° sa provenance.

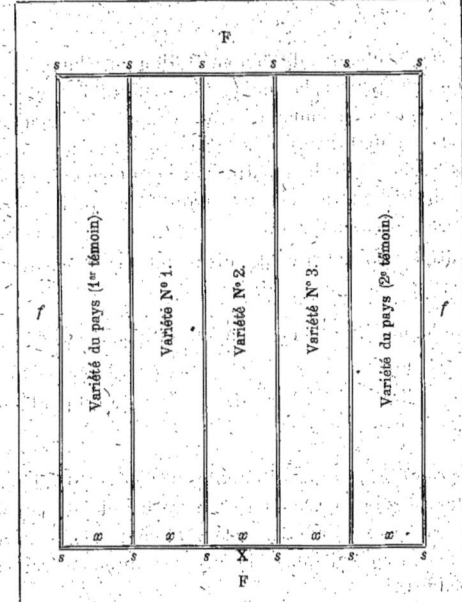

FF   fourrières de 5 mètres.
ff   fourrières de 2 à 3 mètres.
sss   sentiers.
X   grand poteau.
xxx étiquettes portant les noms des variétés.

Champs d'engrais. — La disposition est analogue à celle de la précédente catégorie. Seulement les fourrières situées aux extrémités des parcelles ne sont plus que de 2 mètres, tandis que les autres sont de 5 mètres si l'on se sert du semoir.

Dans les essais de variétés, les bandes doivent être longues et étroites afin de faire plus commodément usage du semoir. Dans les essais simples d'engrais, elles peuvent affecter la forme la plus commode pour l'utilisation du terrain, à moins que l'on ne sème les engrais au semoir.

X   poteau indicateur.
x x x étiquettes portant la nature des engrais employés dans chaque catégorie.
F F   fourrières.
f f   fourrières.

Ces essais se font généralement sur la variété ordinaire du pays, qui est fournie par le propriétaire du champ.

Quant aux engrais, ils varient naturellement quant à la nature et à la quantité, suivant les conditions du milieu.

Notre *témoin*, ou nos *témoins*, représentent toujours la culture ordinaire du pays; si nous opérons sur une plante fumée au fumier de ferme, le témoin est une parcelle au fumier seul, et les autres parcelles reçoivent les engrais complémentaires en plus. Si au contraire on n'a pas l'habitude de fumer la plante dont on s'occupe, aucune parcelle n'en reçoit, et la bande témoin ne reçoit aucun engrais.

Outre le poteau indicateur X, de plus petits écriteaux *x x x* sont placés en tête de chaque bande; ils mentionnent :

1° La nature de l'engrais ou des engrais;

2° La quantité de chaque engrais à l'hectare ;

3° La dépense en engrais de commerce à l'hectare.

Champs mixtes. — Cette catégorie est la plus importante, car on a presque toujours avantage, le champ de démonstration fut-il réduit

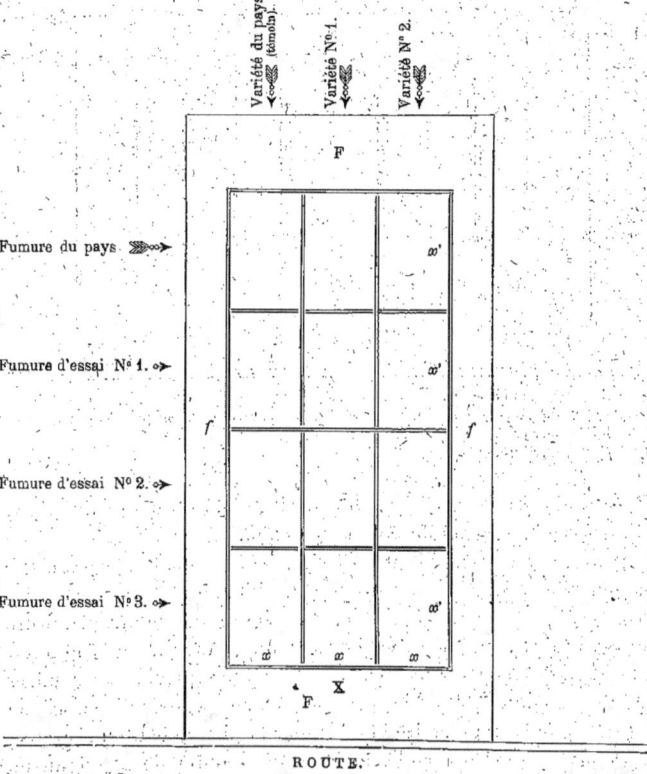

FF   fourrières larges (5ᵐ).

ff   fourrières étroites (2ᵐ).

X   poteau indicateur.

x x x   étiquettes portant les noms des variétés.

x' x' x'   étiquettes portant la nature des engrais.

à sa plus simple expression, à expérimenter deux fumures en même temps que deux variétés.

Le champ mixte n'est d'ailleurs que le résultat de la combinaison des champs de variétés avec ceux d'engrais.

Les variétés forment des bandes dans le sens long du champ, les engrais forment d'autres bandes dans le sens transversal. Ces deux espèces de bandes, en s'entrecroisant, forment des carrés égaux comparables. Cette disposition a pour avantage d'expérimenter chaque fumure sur toutes les variétés, et chaque variété sur toutes les fumures.

Nous retrouvons les deux larges fourrières F F des champs de variétés qui servent à tourner le semoir, et les fourrières étroites ff de cette même catégorie. Les sentiers ont les mêmes largeurs; les étiquettes portant la nature des engrais sont placées en tête des bandes dans le sens longitudinal, et celles portant ceux des variétés dans le sens transversal.

RENSEIGNEMENTS SUR LA VÉGÉTATION.

Il nous est indispensable, pour bien suivre l'action des fumures sur les cultures, pour se rendre compte des facultés de chaque variété expérimentée, de nous renseigner, pour ainsi dire, d'une façon continue sur les phases de la croissance pendant toute l'année végétative.

C'est pour cette raison que, malgré la correspondance que nous échangeons avec nos collaborateurs, et les visites que nous faisons pendant l'année à quelques champs, il nous faut nous renseigner à certaines *époques* sur l'état de la végétation de nos champs. Des questionnaires sont adressés à des dates à peu près fixes à tous les cultivateurs pourvus de champs de démonstrations ou d'expériences. Les données que nous recueillons du dépouillement de cette correspondance, sont condensées dans la seconde partie de ce rapport, et, considérées dans leur ensemble, forment un tout, d'où l'on pourrait, si l'on avait le loisir de les étudier à fond, retirer bien des enseignements. Malheureusement le temps nous manque pour faire ce travail,

2

car il ne nous est permis, pour le moment du moins, que d'en
donner une analyse très brève, sur laquelle nous espérons bien revenir un jour, après étude approfondie.

Pour les plantes d'automne, un questionnaire est adressé fin janvier ; il nous renseigne sur les semailles et la levée ; le second, qui
est envoyé fin mars, nous fait connaître la façon dont les emblavures
ont supporté l'hiver ; le troisième paraît au commencement de juin,
au moment de la période la plus active de la végétation. Généralement, à cette époque, l'effet des engrais est dessiné ; on peut commencer, pour les céréales, à connaître les variétés les plus précoces,
et à recueillir déjà certains indices sur leur valeur.

Du 15 juillet à la récolte, nous visitons tous les champs réunis,
pour y faire les réunions dont nous allons parler. Nous rapportons de
ces tournées, de précieux renseignements sur la maturation des
espèces, la valeur des variétés, et le résultat probable produit par les
engrais.

Enfin, lorsque les cultivateurs envoient leurs résultats, ils les
accompagnent de notes sur les conditions dans lesquelles la récolte
s'est faite, de leurs appréciations personnelles sur les variétés qui
paraissent le mieux leur convenir, et enfin sur les résultats donnés
par les engrais.

Pour les plantes de printemps, le 1er questionnaire est adressé le
1er mai et les autres le suivent, comme pour les emblavures d'automne, jusqu'à la récolte.

On voit, par ce rapide aperçu, que nous nous renseignons sur l'état
des champs d'expériences, aux cinq époques les plus importantes de
la végétation : La levée, la sortie de l'hiver (pour les plantes d'automne), la période de végétation, la floraison et la maturation, et
enfin la récolte.

LES VISITES PUBLIQUES.

C'est avant la récolte, au moment de la maturation, que les champs
d'expériences sont à visiter. On voit les plantes à l'apogée de leur
vigueur, les récoltes à leur maximum de force, on peut les juger.

C'est le moment que nous choisissons pour réunir les cultivateurs aux champs d'essais ; les premières visites sont pour les lins. Elles se font un peu tôt, les dernières des céréales se font un peu tard, mais les dates extrêmes du 1er juillet au 15 août, nous étant imposées par les circonstances pour la plupart des plantes cultivées, nous faisons pour le mieux. Ce n'est qu'à la fin de septembre et au commencement d'octobre, qu'ont lieu les visites aux champs de pommes de terre et de betteraves.

Ces visites sont annoncées par les journaux, et par des affiches administratives, envoyées aux communes avoisinant le champ dans un rayon de 7 kilomètres. Un certain nombre d'invitations personnelles sont en outre adressées au maire de la localité, et distribuées aux principaux cultivateurs.

Au début de la réunion, nous donnons un aperçu des essais entrepris, de la disposition du champ, des résultats qui semblent probables. Nous préparons les assistants à ce qu'ils vont voir, examiner et étudier. C'est alors qu'a lieu la visite complète du champ. Lorsque la réunion est très nombreuse (c'est un cas qui s'est présenté maintes fois dans le département voisin, où nous avions inauguré ces réunions depuis six ans) une grande partie des cultivateurs qui sont présents ne peut entendre les explications que nous donnons en passant à côté de chaque bande et de chaque carré, car il est impossible à une foule, de se mouvoir aisément dans des sentiers de 0m.30 de large, surtout quand ceux-ci sont séparés par des intervalles de 20, 30, 50 mètres ; mais ceux-là peuvent avoir profité de nos explications premières, et il leur est permis, néanmoins, de visiter le champ avec fruit, parcequ'ils sont aidés par les écriteaux qui leur donnent tous les renseignements désirables.

La visite se prolonge quelquefois fort longtemps, et se termine par des causeries particulières, ou en groupes, où chacun discute et commente les résultats probables. Il nous est arrivé plusieurs fois, d'être amené à parler à ce moment, et incidemment, de questions qui n'ont aucun rapport avec les expériences entreprises. C'est alors qu'on nous pose des questions, et souvent qu'une conversation générale s'établit, au grand profit de tous.

C'est encore à ce moment, que nous prions quelquefois les meilleurs cultivateurs des environs, de faire connaître les avis sur les questions en discussion ; ici encore, chacun a quelque chose à retenir, et celui qui écrit ces lignes, n'est pas le dernier à en profiter.

Ces réunions sont bien différentes de celles que l'on peut faire à la mairie des chefs-lieux de cantons. Avant d'inaugurer dans le Pas-de-Calais le système actuel, nous avions organisé pendant quatre années ces réunions à la mairie, qui portaient le nom pompeux de conférences. On y venait, vêtu pour la circonstance; on y rencontrait un public qui, souvent, n'avait rien de commun avec la culture ; qui venait là pour juger de la forme. La conférence durait une heure, une heure et demie, chacun partait; c'était tout. Que restait-il ? Rien, ou presque rien. C'est à peine si, dans les cabarets voisins on s'entretenait pendant quelques instants, au sortir de la mairie, du sujet qui venait d'être traité !

Quelle différence avec les réunions sur le terrain ! Quand le temps est propice, le jour et l'heure bien choisis, (ce qui ne se peut pas toujours), la publicité suffisante, et surtout si l'on n'est pas encore trop en moisson, on y vient en aussi grand nombre qu'aux réunions à la mairie. Mais ce sont des *cultivateurs* que l'on y rencontre, et des cultivateurs qui sont venus pour voir quelque chose, qui s'intéressent à ce qu'ils voient, et qui sont tout disposés à en profiter.

Nous avons été satisfaits des réunions de ce genre que nous avons faites du 10 juillet au 16 août 1890. Si quelques unes étaient, il est vrai, très peu nombreuses, pour les raisons que nous énumerions plus haut, nous en avons néanmoins rapporté une excellente impression.

Elles nous ont toutes prouvé, que nous n'avions pas tort d'espérer beaucoup de notre organisation, qui avait fait ses preuves dans un département voisin ; l'avenir ne pourra que nous donner raison.

RÉCOLTE.

La récolte, c'est une condition essentielle, se fait, pour toutes les espèces cultivées, *par parcelle*.

S'il s'agit de céréales, nos cultivateurs procèdent de deux façons : Ou bien ils battent sur place, ou bien ils rentrent leur grain, pour battre plus tard.

Si le temps est beau, certain, et chaud, si la paille et bien sèche, et le grain bien mûr, on bat sur place. La récolte totale (grain et paille) de chaque parcelle est pesée au moyen d'une bascule apportée dans ce but; on bat ensuite sur une bâche au fléau si le champ a peu d'importance, ou au moyen d'une machine portative. Le grain est mis en sacs, les sacs contenant les produits de la parcelle portent une étiquette, sur laquelle on inscrit le numéro de la parcelle. Ces grains sont rentrés pour être soumis, dans la suite à l'appréciation de la commission de pesée dont il sera parlé plus loin.

On procède de la sorte successivement pour tous les carrés, et, comme le travail n'est pas toujours terminé le même jour, on met les gerbes en tas, au milieu de chaque carré, et le lendemain on continue l'opération.

La plupart du temps, les cultivateurs s'effraient de battre sur place ; ils préfèrent se livrer à cette opération au mois de septembre. Lorsque les champs ont une certaine étendue, ce dernier système est le seul possible. La récolte est alors coupée, et le produit de chaque parcelle installé provisoirement en dizeaux au centre de chaque bande ou carré. Ce produit est ensuite transporté à proximité de la ferme, et l'on en forme une petite meule. La récolte des autres parcelles est placée à côté, et de cette façon, paille et grains peuvent attendre le battage, toute crainte de mélange étant écartée.

D'autres cultivateurs amoncellent la récolte de toutes les parcelles en une seule meule, en ayant soin de séparer chaque produit, par des branches, de la paille, ou de la paille de colza. Ce procédé est évidemment moins recommandable que le précédent.

Les deux méthodes que nous venons de décrire pour les céréales, peuvent également être mises en pratique pour toute plante qui produit de la paille et du grain comme, le lin, les œillettes, les colzas etc.

S'il s'agit de pommes de terre, le produit de chaque carré est réuni dans des sacs qui portent le numéro d'ordre, et la récolte est pesée à la ferme.

Pour les betteraves, si le champ est très étendu, le produit de chaque carré et charrié à part et pesé à la sucrerie. — Si le nombre des parcelles est grand on se contente à la rigueur, de choisir dans chaque parcelle un are de vigueur moyenne. On compte le nombre de contenues dans 10 mètres lignes, on multiplie le chiffre par le poids de toutes les racines arrachées dans une ligne de 10 mètres et on obtient le rendement à l'are et à l'hectare. Ce procédé donne toujours des rendements exagérés, mais comme la même opération est faite pour chaque carré, les résultats sont comparables quoique trop élevés.

Pour se rendre compte de la densité, on prend *toutes* les betteraves contenues dans une ligne de 5 mètres et on l'envoie, en totalité, à la station agronomique où il en est fait l'analyse.

COMMISSIONS DE PESÉES.

Il serait désirable que les résultats obtenus dans les champs de démonstration et d'expériences soient connus dès agriculteurs des environs principalement ceux qui ont assisté aux visites publiques, et ceux qui ont l'occasion de visiter les champs pendant la végétation peuvent avoir une idée de l'effet comparatif produit par les différents engrais, et du rendement probable des variétés.

Mais l'œil le plus exercé peut s'illusionner sur l'appréciation des rendements ; la balance seule est infaillible.

Il serait donc désirable que les batiages et des pesées fussent publiques ; malheureusement la chose est impossible à réaliser. Cependant, il est, pensons-nous, utile et pratique, d'y faire assister quelques cultivateurs, qui peuvent se rendre compte avec le propriétaire du champ, des résultats qui sont alors connus et divulgués plus facilement. Ensuite, et ceci a une certaine importance, il arrive que les rendements peuvent quelquefois être assez élevés. Ils seraient alors accueillis avec méfiance. Si une commission de cultivateurs assiste aux pesées et sert de témoin aux chiffres qui sont livrés à la publicité, nos résultats ont aux yeux du public une plus grande autorité puisqu'ils sont contrôlés par des hommes du métier.

Ce sont ces considérations qui nous ont décidé à instituer les *commissions de pesées.* Elles se composent de cinq membres et du propriétaire du champ. Ces cinq membres sont nommés par M. le Préfet sur notre proposition.

Lorsque notre cultivateur a l'intention de procéder à la pesée des produits, il convoque sa commission au moyen d'imprimés que nous lui fournissons. Celle-ci assiste donc à la pesée, pour les céréales, lins, colzas, etc., et prend les échantillons pour les betteraves. Elle examine ensuite les produits, en estime la valeur marchande et signe le procès-verbal, après y avoir consigné ses observations.

CALCUL ET APPRÉCIATION DES RÉSULTATS.

Les procès-verbaux des commissions de pesées nous sont transmis, et ce sont ces pièces qui, avec les tableaux de renseignements sur la végétation, nous ont fourni les éléments nécessaires à la confection de la seconde partie de ce rapport.

Il est une remarque très importante que nous tenons à faire au sujet des résultats que l'on trouvera dans la partie descriptive qui va suivre.

On verra de petits rendements, mais on en trouvera de gros et même de très gros. On pourra découvrir, dans certains d'entre eux, des produits de 8.000 kil. de lin battu à l'hectare, cotés 26 fr. les 100 kil., par exemple, ou d'autres tout aussi beaux; nous serions absolument désolé que de semblables chiffres fussent colportés *sans explications*.

D'abord, ils paraîtraient quelque peu suspects au public, et ne pourraient que jeter un certain discrédit sur l'institution des champs d'expériences, parce que l'on ne manquerait pas de douter de l'exactitude des résultats.

Nous ne voulons de cela à aucun prix; nous tenons énormément à la confiance que le public agricole du Nord peut avoir de la sincérité de nos résultats, et nous tenons avant tout à la garder. C'est pour cette raison que nous ne manquerons jamais, quand nous aurons l'occasion de constater de semblables chiffres, de les expliquer et de réduire leur importance à de justes proportions. *Ces gros rendements sont toujours obtenus dans des conditions* EXCEPTIONNELLES *et doivent être considérés comme* DES EXCEPTIONS.

Ensuite, lorsque des rendements exceptionnels se produisent, on peut constater qu'on ne les trouve que dans les champs d'expériences proprement dits, où les parcelles sont relativement petites (le minimum est de 4 ares). Ils ne peuvent, dès lors, donner qu'une idée relative de ce que l'on pourrait obtenir en grande culture.

Il est une règle dont il nous a souvent été permis de contrôler l'exactitude : quand on prend les produits d'une petite surface, qu'on pèse ces produits et que l'on calcule au moyen des chiffres obtenus le rendement à l'hectare, on trouve un rendement d'autant plus fort que la surface de prise d'échantillon est plus faible.

C'est aussi le cas pour le système employé quelquefois pour le calcul du rendement cultural des betteraves, dont nous parlions plus haut; aussi avons-nous eu soin d'ajouter que les rendements sont régulièrement exagérés. Seulement, ils ont une valeur, car ils sont comparables.

Les chiffres qui composent nos tableaux de rendements ne doivent donc pas être pris à la lettre ; mais ils seront d'autant moins exagérés qu'ils proviendront de surfaces plus grandes. Comme nous le verrons, leur principal intérêt réside dans leur caractère comparatif. A ce point de vue, aucune restriction n'est à faire.

ENGRAIS ET SEMENCES.

Les engrais de commerce et les semences que nous fournissons aux cultivateurs pour leurs champs d'expériences, sont envoyés *franco* à la gare la plus proche du destinataire.

Ces envois sont faits toujours par les fournisseurs. Les engrais nous ont été fournis par M. Tibulle-Collot, de Lille. Nous avons admis dans nos calculs, afin de rendre nos résultats plus comparables, un prix uniforme pour chaque engrais, sans nous inquiéter des variations de prix pendant la campagne.

Les superphosphates 13 % sol. dans le cit. ont été cotés 6 fr. 63.
Le chlorure de potassium à 55° a été coté 22 fr. 50.
Le nitrate de soude à 15°5 a été coté 20 fr. 50.
Le sulfate d'ammoniaque : 30 fr. 50.

Les phosphates de Quiévy nous ont été fournis gratuitement par

M. Delattre-Brabant, et, pour les calculs on leur a attribué une valeur de 4 fr. 50, qui était leur valeur marchande.

La plupart des semences nous ont été fournies par des cultivateurs du Nord et du Pas-de-Calais, ainsi que par M. Vilmorin, de Paris, qui a consenti à faire une réduction de 5 % sur ses prix courants.

Toutes les analyses ont été faites gratuitement par M. Dubernard, directeur de la station agronomique de Lille ; nous sommes heureux de lui adresser nos plus vifs remerciements pour l'extrême obligeance qu'il a mise à seconder nos efforts.

DÉPENSES.

Toutes les dépenses relatives aux champs de démonstration et d'expériences sont payées par la préfecture, contre acquits détaillés et sur timbre, présentés par les fournisseurs, suivant les exigences de la comptabilité administrative.

DEUXIÈME PARTIE.

LIN.

Le lin est l'une des plantes qui appartiennent le mieux au département du Nord, et c'est l'une de celles qui ont, autrefois, le plus contribué à accroître sa fortune agricole. — Le lin est aujourd'hui délaissé de plus en plus et si le mouvement actuel continue, ce précieux textile disparaîtra à brève échéance de la liste de nos cultures industrielles.

Il ne nous appartient pas de rechercher, et surtout de discuter la cause de cette défaveur, qui est entièrement d'ordre économique. Si le lin ne se cultive plus, ce n'est pas parcequ'il rend moins qu'autrefois, mais parce que les bas prix des produits qu'il donne, ne rendent plus son exploitation rémunératrice.

Il serait cependant vrai de dire, que l'on a pu, dans certaines terres abuser du lin; et s'il faut en croire bien des personnes parfaitement placées pour le savoir, la graine d'aujourd'hui, ne serait plus celle d'autrefois; la provenance serait moins certaine, et la qualité moins bonne.

A part les causes que nous venons de signaler, et dont l'effet n'est évidemment pas à négliger, on peut dire que les rendements du lin sont restés stationnaires. — Dans la plupart des cas, si les soins donnés sont aussi constants, aussi minutieux qu'autrefois et si la saison est favorable, on obtient des rendements qui sont tout aussi élevés que ceux que l'on pouvait constater il y a vingt ans. C'est donc la question de prix, surtout qui décourage nos cultivateurs qui, en général, sont très satisfaits lorsqu'ils peuvent arriver à faire de leur lin un millier de francs à l'hectare, quand autrefois, le même lin leur aurait rapporté 1.500 fr. et plus.

C'est un fait brutal, sur lequel il y aurait peut-être beaucoup à dire, si nous ne tenions à rester entièrement dans la partie purement agricole de la question, il est vraisemblable même, que c'est de ce côté surtout, que l'on pourrait trouver les véritables remèdes à la situation.

Il est cependant permis de croire qu'il y a, dans la question agricole proprement dite, quelque chose à faire, et qui n'est certainement pas à négliger, car nous pensons, que si nous ne pouvons pas rendre à la culture du lin, sa prospérité d'autrefois, nous pouvons peut-être travailler à l'améliorer.

Depuis quelques années, on a beaucoup travaillé dans le monde agricole. — La crise pénible qui a si vivement affecté les cultivateurs a pu avoir un bon côté, c'est qu'elle a fait voir à tous, que dans les circonstances actuelles il faut aller de l'avant si l'on ne veut pas reculer. Les procédés anciens ont été laissés de côté, on a cherché à mettre en pratique tous les éléments que la science moderne a accumulés, à entendre la culture, non plus comme un métier de routine, mais comme une véritable science. Un grand souffle de progrès a atteint le cœur de nos campagnes, et le petit ménager commence à suivre l'exemple du grand cultivateur, qui s'est naturellement lancé le premier dans la nouvelle voie. — La culture des céréales a été complètement transformée par un emploi mieux entendu des engrais, mais surtout par l'introduction de variétés nouvelles. Le plus bel exemple de transformation nous est fournis par la betterave, qui a su prendre actuellement la place de toutes nos plantes industrielles d'autrefois. Cette transformation s'est faite, il faut le dire, dans des conditions spéciales. — On se souvient l'état dans lequel une législation fiscale peu favorable avait fait tomber notre agriculture betteravière. Cette législation est remplacée brusquement par un régime nouveau très favorable. Il n'y a pas eu de transition et les procédés se sont modifiés d'eux mêmes ; en transformant les systèmes de culture et de production de la betterave, on savait ce que l'on faisait, on n'allait pas à l'aventure, car la question de la betterave riche était étudiée depuis longtemps, *elle était mure*, la loi de 1884 n'avait fait que mettre le feu aux poudres.

On a voulu rapprocher la question du lin de celle de la betterave. Nous ne pensons pas qu'il y ait entre elles une analogie bien frappante. Pour que cette analogie existe, il serait nécessaire qu'un changement de législation intervint, et nos cultivateurs n'osent l'espérer. Si des droits de douane venaient protéger nos cultures de ce textile, l'analogie n'existerait pas néanmoins, car au point de vue agricole la question du lin est bien moins connue que celle de la betterave, cette culture n'ayant été que très peu étudiée. Quoi qu'il en soit, dans les circonstances actuelles, l'étude de cette question est primordiale ; une transformation dans les procédés seulement, peut être profitable, et si elle ne peut, à elle seule, rendre à la culture du lin, son ancienne faveur, elle pourra, peut être, comme nous le disions plus haut, la rendre abordable. C'est là tout ce que l'on peut faire.

Le Comité Linier du Nord de la France a parfaitement compris qu'il y avait des progrès à réaliser, et il encourage au moyen de concours, les cultivateurs qui réussissent à augmenter la production à l'hectare, sans faire plus de sacrifices qu'antérieurement, car le Comité Linier encourage les cultivateurs à faire du lin à bon marché, n'espérant pas que les prix pourront revenir à ce qu'ils étaient autrefois.

Il conseille également aux cultivateurs de ne pas trop pousser à la production des lins fins, (sauf dans les communes les plus réputées pour cette qualité) et de viser plutôt à la grande production. C'est là une manière de voir, qui n'est peut être point entièrement partagée par tout le monde, mais les efforts du Comité linier n'en sont pas moins très intéressants, et nous avons cherché, en poursuivant notre enquête personnelle, à compléter son œuvre de recherche, et de vulgarisation.

Dans les circonstances actuelles, le lin est principalement à étudier sous deux rapports : Sous celui des variétés, et sous celui du mode de culture et des fumures. C'est du moins les deux questions qu'il nous paraissent les plus intéressantes et les plus importantes à aborder pour le moment.

Variétés. — Il est certain que le lin de Riga que l'on cultive aujourd'hui chez nous, est loin de donner toute satisfaction; d'autre part, les lins à fleur blanche, sont presque complètement rejetés par les cultivateurs du Nord. Ils ne donnent que très rarement chez nous un produit brut égal à celui du lin de Riga ; la floraison étant généralement très prolongée, la tige devient très branchue, le rendement est assez fort en grain et en filasse, mais cette filasse est peu appréciée. Dans les essais comparatifs que nous avons établis, il y a quelques années, dans diverses localités du Pas-de-Calais, les lins blancs de diverses variétés ne sont arrivés à surpasser les lins bleus qu'une seule fois, et c'était dans des conditions exceptionnelles qu'il ne serait point intéressant de relater ici ; nous n'en parlerons donc pas.

Lin russe de Pskoff. — Par contre, nos recherches avaient été plus fructueuses dans la catégorie des lins à fleur bleue, et le lin de Pskoff amélioré russe, de M. Vilmorin, nous avait donné de très bons résultats, et cela, d'une façon constante, dans des sols variés, et pendant trois années d'essai. Pour nous, c'est une variété bien caractérisée, qui n'a que de très lointaines analogies avec le lin de Riga que nous semons actuellement dans le Nord. Cultivé comparativement sur le même terrain que ce dernier, le Pskoff lève généralement deux jours plus tôt que le Riga, et prend de suite une avance végétation qu'il conserve jusqu'au bout. Il s'élance donc très vite, et croît avec une assez grande rapidité. Il atteint toujours, au moins dix centimètres de plus que le Riga. Sa tige est très fine, et point ramifiée. Elle ne porte d'ailleurs que deux ou trois fleurs à son sommet. — Les rendements en graine sont donc très faibles. Malgré sa finesse, le rendement en lin battu est à peu près équivalent à celui du lin de Riga, par suite de la taille qui est plus élevée. Sa plus grande supériorité selon nous réside dans la qualité de sa filasse. Le Pskoff peut se coter à 1, 2 et 3 fr. de plus au quintal de lin battu que le Riga, cultivé comparativement, est dans les mêmes conditions. Nous trouverons d'ailleurs ces chiffres plus loin ; ils proviennent des estimations faites par le Comité linier.

Le lin de Pskoff, malgré sa taille, et la finesse de sa tige, semé à raison de 200 litres à l'hectare, n'est pas plus sujet à la verse que les lins de Riga ; sa couleur, pendant la végétation est presque toujours moins foncée que celle du lin ordinaire de tonne ou de sous-tonne, et sa maturation est meilleure que celle de ce dernier.

Citons enfin, un caractère bien précieux de cette variété : Cultivée en France, sous notre climat, et dans un terrain propice , *elle ne dégénère pas.* Nous l'avons fait semer pour la première fois en 1887, par l'un des meilleurs cultivateurs de lin du Pas-de-Calais, M. Grottard d'Ablainzevelle. M. Grottard a continué depuis ; à semer chaque année la graine récoltée chez lui ; le lin n'a pas dégénéré, il conserve bien ses caractères, et de plus, il s'est amélioré. Le rendement en poids n'a pas sensiblement varié, mais la qualité de la filasse s'est très sérieusement augmentée. Ceci n'est point un fait isolé ; les cultivateurs à qui nous avions fait semer le lin de Pskoff en 1887 et en 1888, en ont conservé la graine, pour la réensemencer chez eux. Partout on a fait la même remarque.

Afin de confirmer de nouveau ce fait, dans le Nord, nous avons fait semer en 1891, par plusieurs cultivateurs, du lin de Pskoff récolté en 1890 dans nos champs d'expériences, pour être comparés pendant plusieurs années au Pskoff de provenance directe; nous avons même réuni dans le même champ, chez M. Desprez de Cappelle, des lins de Pskoff récoltés l'un en Flandre, l'autre dans l'arrondissement de Valenciennes. Ils y seront comparés, non seulement aux autres variétés, et au lin de provenance directe, mais il sera peut être intéressant de constater des différences, suivant la provenance de la première année de culture.

Cette variété se serait certainement propagée très rapidement, dès nos premiers essais, si le prix de sa graine avait été moins élevé (70 fr. les 100 k. en 1887 et 100 fr. en 1891). Nous n'avons actuellement aucune donnée certaine sur la provenance des graines de Pskoff que MM. Vilmorin et Cie livrent à leur clientèle, mais nous avons le ferme espoir que si cette variété peut maintenir ses caractères, cultivée en France, cette importante maison rendra le grand service à l'agriculture du Nord, d'abaisser les prix à des limites plus abordables (1).

Tels sont les résultats de nos recherches antérieures à l'année

---

(1) Depuis que ces lignes sont écrites, M. Henry de Vilmorin nous a dit avoir constaté la possibilité de cultiver et d'améliorer en France le lin de Pskoff, et nous a confirmé l'espoir de pouvoir prochainement abaisser les prix de la graine.

1890 sur les variétés de lin. Aujourd'hui, nous n'avons rien à y modifier, on verra plus loin par les chiffres que nous donnons, que nos essais de 1890 dans le Nord, confirment absolument ceux obtenus dans les années précédentes.

La supériorité du lin de Pskoff en ressort avec évidence, c'est ce qui nous a engagé à vulgariser l'emploi de cette variété, en établissant en 1891 de nombreux champs de démonstrations, où cette variété est cultivée comparativement avec des lins de tonne et de sous-tonne de Riga.

Quoiqu'il en soit, si le lin de Pskoff est un progrès, nous ne voulons pas prétendre qu'il est la seule variété susceptible d'améliorer la culture de notre plante textile. Nous comptons donc continuer nos recherches, surtout parmi les variétés susceptibles de fournir de forts rendements.

Fumures. — Dans le but d'être le plus rapidement utile à la pratique, les fumures complémentaires ont seules été jusqu'ici le sujet de notre étude; nous avons laissé de côté, pour y arriver plus tard, les questions très importantes telles que la cause de la *brûlure*, et de l'impossibilité du retour du lin sur la même terre et à brève échéance.

La place du lin dans les assolements, est d'ailleurs parfaitement comprise dans le Nord; on sait depuis des temps immémoriaux que le lin, qui n'a qu'une période de croissance très limitée, est obligé pour réussir, de trouver à sa portée une nourriture très assimilable, et surtout beaucoup de vieil engrais. Aussi, le place-t-on quand on le peut après céréale qui suit un trèfle, ou une plante sarclée fumée. La question du complément de fumure a une très grande importance comme on le verra en parcourant les chiffres que nous donnons plus loin. Dans une grande partie du département, c'est 1.000 à 1.500 k. de tourteaux, auxquels on ajoute souvent du nitrate de soude qui constituent la fumure complémentaire d'hectare. Ailleurs, dans l'arrondissement de Dunkerque surtout, ce sont des superphosphates et du nitrate. Dans l'arrondissement de Lille, on emploie principalement des vidanges, épandues à la fin de l'hiver. Depuis quelques années, un petit nombre de cultivateurs ont remplacé ces fumures par des engrais chimiques à base de potasse. C'était un progrès;

mais néanmoins il arrive souvent que si l'on obtient un lin de qualité avec ces formules, on a rarement autant de poids qu'au moyen des fumures aux tourteaux ou aux vidanges. C'est ce que nous avons pu remarquer dans nos essais antérieurs à 1890. L'introduction de l'élément *potasse*, produit quelquefois un effet extraordinaire, mais il est toujours tout au moins *sensible*, cela, comme complément de toute fumure, et, ce qu'il y a de plus curieux, il se produit néanmoins, dans les sols riches en potasse. Nous sommes toujours arrivé aux plus forts rendements en remplaçant une partie des tourteaux par un engrais chimique potassique, phosphaté et azoté ; la qualité a constamment été supérieure avec cette formule.

Les essais de 1890 ont encore confirmé cette manière de voir, nous reviendrons, d'ailleurs sur cette question dans la discussion de nos résultats.

Champ de Bousbecque (LA BASSE VILLE)

Établi chez M. Catry.

Contenance totale.................. 44ᵃ 30
Contenance des parcelles........ 4 31
Nombre de parcelles ; 8.

Nature du sol. — Le terrain mis à notre disposition par M. Catry est un limon argilo-siliceux, de très bonne nature et riche, comme la plupart des sols des environs de la Lys.

L'analyse donne par kil. :

Azote total.......................... 1,40
Acide phosphorique............... 1,50
Potasse 1,40
Chaux.................................. 4,00

Culture antérieure. — En 1887, le champ de la Basse-Ville portait du trèfle ; en 1888, du blé, fumé au purin, en raison de 90 hectolitres à l'hectare. En 1889, avoine fumée au fumier et aux tourteaux de colza (225 k. à l'hectare). En février 1890, le champ avait reçu 110 hectolitres de purin. L'état de la terre était très bon ; le sol avait reçu un déchaumage, suivi de deux labours. Il n'avait pas porté de lin depuis 15 ans.

3

Nature et disposition des essais. — Il s'agissait d'expérimenter deux variétés de lin, et quatre formules d'engrais. Ce champ rentre donc dans la catégorie des champs d'expériences mixtes. Chaque variété formait une bande longitudinale de 16^m,25 sur 110^m de long, soit 17 a. 87 de surface.

Les quatre formules d'engrais étaient disposées en quatre bandes transversales, de 27^m,50 sur 32^m,50. Ces quatre bandes en s'entrecroisant avec les deux bandes de variétés, formaient huit carrés égaux d'une contenance exacte de 4 a. 31, sentiers déduits.

Les lins mis en présence étaient :

1° Le lin de Pskoff amélioré russe de M. Vilmorin (parcelles 1, 3, 5, 7) ;

2° Le lin de Riga de tonne (parcelles 2, 4, 6, 8),

Les quatre formules d'engrais étaient les suivantes :

NUMÉROS des parcelles.	ENGRAIS EMPLOYÉS.	Dosages.	PRIX des 100 kil.	DOSES en kil. par hectare.	DÉPENSE en engrais à l'hectare.
1 et 2	Tourteaux de pavots blancs des Indes, moulus................	5,50 az.	14 fr.	1400 k.	196 fr.
3 et 4	Tourteaux de pavots............	5,50 az.	14 »	907 »	196 »
	Sulfate de potasse	51 pot.	23 »	300 »	
5 et 6	Tourteaux de pavots............	5,50 az.	14 »	1116 »	196 »
	Superphosphates minéraux........	13 ac. ph.	6 63	600 »	
7 et 8	Tourteaux de pavots............	5,50	14 »	623 »	196 »
	Sulfate de potasse	51	23 »	300 »	
	Superphosphates	13 cit.	6 63	600 »	

Pour établir nos quatre formules, nous avons pris pour base, et pour *fumure témoin*, la dose de 1.400 k. de tourteaux que M. Catry comptait employer, et qui est une dépense de 196 fr. par hectare.

Dans les bandes suivantes, nous avons remplacé une partie des tourteaux (toujours variable afin de rester dans les limites convenables) par les deux éléments dont nous voulions examiner l'action, ou plutôt, comme nous allons le voir, *l'avantage, au point de vue des résultats.*

Enfin, dans la quatrième bande, nous avions réuni nos trois engrais.

Mode de comparaison des engrais. — On remarquera que chaque bande comporte une dépense de 196 fr. par hectare. Nous avons en effet adopté, pour la comparaison des engrais, dans tous nos essais, une règle, que les amateurs d'expériences scientifiques n'admettront certainement pas, parce qu'elle ne repose pas sur des bases, que nous pourrions qualifier de fixes ; elle repose sur le prix des engrais. Nous croyons cependant avoir raison, si l'on veut bien se placer avec nous, au point de vue des cultivateurs.

Si nous voulions rechercher la valeur agricole relative du kilogramme d'acide phosphorique sous diverses formes, nous placerions côte à côte, comme cela se fait dans les expériences de physiologie végétale, un certain nombre de kilogs d'acide phosphorique sous une forme, pour le comparer au même nombre de kilogrammes du même acide, sous une autre forme. Notre but est beaucoup plus modeste ; nous tenons simplement à reconnaître, quel est l'engrais, ou le mélange, que le cultivateur a le plus *d'avantage* à employer. Le meilleur pour lui, sera toujours celui, qui, tout en lui donnant une augmentation de produit, lui coûtera le moins cher ; c'est donc le prix qui lui sert de guide, c'est pour cette raison que nous choisissons l'argent comme base. Ce système a encore l'avantage de nous permettre d'admettre dans la comparaison, des engrais de nature absolument différente, comme dans le cas présent. Le procédé est donc peu scientifique, nous le reconnaissons volontiers, mais il est éminemment pratique.

Épandage des engrais. — Les tourteaux, les superphosphates et les sels de potasse ont été épandus sur les parcelles qui devaient les recevoir, avant le labour des semailles.

Semailles. — Les semailles ont eu lieu à la volée pour les deux variétés, à raison de 200 litres à l'hectare. Cette opération a été effectuée le 4 avril.

Levée. — La levée des deux variétés a été très régulière, elle était complète pour le Pskoff le 14 avril, précédant de deux jours celle du lin de Riga.

Végétation. — La végétation a été très régulière pour les deux variétés, et le développement s'est fait normalement malgré les pluies abondantes et les bourrasques des mois de juin et de juillet. Le lin de Pskoff a constamment conservé son avance sur la tonne, et les différences de taille se sont accrues avec la croissance. Le tableau ci-dessous donne la hauteur des tiges pour chacune des huit parcelles du champ, au moment de la récolte.

FUMURES	LIN DE PSKOFF		LIN DE RIGA	
	Nᵉˢ des parcelles	Hauteur	Nᵉˢ des parcelles	Hauteur
Tourteaux seuls (témoin)	1	1^m,06	2	1^m
Tourteaux et sels de potasse	3	1^m,10	4	1^m,03
Tourteaux et superphosphates ...	5	1^m,13	6	1^m,05
Tourteaux, superphosphates et sels de potasse............	7	1^m,16	8	1^m,07

Le tableau ci-dessus fait voir que la taille du Pskoff a toujours été supérieure à celle du Riga dans toutes les parcelles à fumure correspondante. — On remarquera également que pour les deux variétés la hauteur du lin de la parcelle témoin est la plus faible. — Elle augmente dans les parcelles 3 et 4, 5 et 6, pour arriver à son maximum dans les parcelles 7 et 8, où la fumure est composée de tourteaux, superphosphates et sels de potasse. Nous retrouverons plus loin cette progression dans les rendements.

Malgré leur taille, ces lins ont bien résisté à la verse, même dans les parcelles 7 et 8.

Récolte. — La récolte s'est effectuée le 20 juillet, dans de bonnes conditions.

Le tableau ci-dessous donne les rendements par parcelle et par hectare, en graine et en lin battu.

État des rendements du champ de la basse ville.

FUMURES	LIN DE PSKOFF					LIN DE RIGA					MOYENNES des deux variétés par hectare	
	Nᵒˢ des parcelles	Lin battu		Graine		Nᵒˢ des parcelles	Lin battu		Graine		Lin battu	Graine
		Par parcelle	Par hectare	Par parcelle	Par hectare		Par parcelle	Par hectare	Par parcelle	Par hectare		
		kil.	kil.	kil.	kil.		kil.	kil.	kil.	kil.	kil.	kil.
Tourteaux seuls (témoin)	1	290	6726	27	626	2	289	6705	26	603	6716	614
Tourteaux et sulfate de potasse	3	301	6984	28	649	4	309	7169	30	696	7076	672
Tourteaux et superphosphates	5	318	7378	29.4	682	6	330	7656	32	745	7517	713
Tourteaux, superphosphates et sulfate de potasse	7	326	7564	24.9	577	8	340	7888	34	789	7726	683

Il ressort principalement de l'examen des chiffres du tableau précédent :

1º Que les rendements en lin battu du Pskoff sont à peu de chose près équivalents à ceux du Riga ;

2º Que les rendements en graine de ce dernier sont supérieurs à ceux du Pskoff ;

3º Dans les deux variétés, les rendements en lin battu et en graine sont *inférieurs à tous les autres*, pour les parcelles témoin aux tourteaux seuls ;

4º Le remplacement d'une partie des tourteaux par des sels de potasse est avantageux ;

5º Les engrais phosphatés sont également avantageux ;

6º La fumure qui produit les rendements les plus élevés en paille surtout, est celle avec tourteaux, superphosphates et sels de potasse

Il est à remarquer que les résultats des deux variétés concordent parfaitement quant à l'influence des fumures.

Si l'on compare les poids de l'hectolitre de graine dans les différentes parcelles, on voit que ce poids augmente pour chaque variété, de la même façon que les rendements ; les parcelles aux tourteaux

seuls (témoin) ayant le poids le plus faible, et les parcelles aux tourteaux, superphosphates et sels de potasse donnant le poids le plus
élevé.

	PSKOFF		RIGA	
	Nos des parcelles.	Poids de l'hectolitre de graine.	Nos des parcelles.	Poids de l'hectolitre de graine.
Tourteaux seuls (témoin)........	1	68	2	69
Tourteaux et sels de potasse.....	3	68.5	4	69.5
Tourteaux et superphosphates ..	5	69.5	6	69.8
Tourteaux, superphosphates et sels de potasse.	7	70	8	70.4

On peut également remarquer, que si les rendements du Pskoff
en graine sont moins élevés que ceux du Riga, les poids à l'hectolitre
sont aussi moins forts.

Le Comité linier a apprécié comme suit, la valeur marchande des
produits :

	PSKOFF			RIGA		
	Nos des parcelles.	Valeur marchande des 100 k. de		Nos des parcelles.	Valeur marchande des 100 k. de	
		Lin battu	Graine.		Lin battu	Graine.
Tourteaux seuls.............	1	fr. 23	fr. 24	2	fr. 22	fr. 25
Tourteaux et sels de potasse...	3	23.50	24	4	22.50	25
Tourteaux et superphosphates..	5	24.50	24	6	23.50	25
Tourteaux, superphosphates et sels de potasse.............	7	26	24	8	25	25

Il ressort des chiffres du tableau précédent :

1° Que le lin de Pskoff a une qualité bien supérieure à celle du
Riga, comme filasse;

2° Que la graine de Riga est de meilleure qualité que celle du Pskoff ;

3° Que pour les deux variétés la qualité de la filasse s'accroît dans le même sens, que les rendements signalés plus haut, la fumure témoin avec tourteaux seuls donnant des produits de moindre valeur que les autres ; cette valeur arrive à son maximum dans les parcelles à fumure combinée (tourteaux, superphosphates et sels de potasse).

Si l'on applique les chiffres précédents à ceux du tableau des rendements, on obtient les produits bruts à l'hectare.

La fumure témoin avec tourteaux seuls, produit 1.547 fr. en lin battu, 150 fr. en graine, soit un total de 1697 fr. à l'hectare pour le Pskoff.

Le Riga, avec cette même fumure, donne 1.475 fr. de lin battu, et 151 fr. de graine, soit 1.626 fr. à l'hectare.

La fumure combinée avec tourteaux, superphosphates et sels de potasse, donne pour le Pskoff 1.966 fr. en lin battu, 138 fr. en graine, soit un total de 2.104 fr. à l'hectare. Le Riga, avec cette même fumure produit 2.179 fr. à l'hectare, dont 1.972 en lin battu, et 197 en graine.

Nous croyons inutile de citer les chiffres des fumures intermédiaires, que l'on peut d'ailleurs calculer facilement.

Nous ne voudrions pas, comme nous l'avons dit dans la première partie de ce rapport, que ces chiffres de plus de 2.000 fr. de produit brut soient pris à la lettre, — nous tenons à insister sur ce fait, qu'il s'agit ici d'exception, qu'il s'agit de produits obtenus sur de petites surfaces, qui sont ramenés à l'hectare, et qui ne représentent, en aucune façon, ce que l'on pourrait obtenir en grande culture (1). Nous l'avons dit, nos chiffres n'ont qu'un caractère *comparatif* ; là, nous n'avons pas de restriction à faire. C'est pour cette raison que nous n'avons donné que les produits bruts du témoin, et ceux de la combinaison de fumure la mieux réussie.

En rapprochant ces chiffres l'un de l'autre, on peut tirer cette conclusion que la fumure combinée (tourteaux, superphosphates et

---

(1) La publicité donnée à de tels chiffres ne produit jamais bonne impression, parce que l'on peut les interpréter à la lettre. — Nous n'aurions probablement pas cru devoir les publier, s'ils n'avaient déjà été livrés à la publicité par le Comité linier. — L. COMON.

sels de potasse), dont la dépense est la même que celle du témoin (tourteaux seuls), donne un excédent de 2.104 — 1.697 = 407 fr. pour le Pskoff, et 2.179 — 1626 = 553 pour le Riga. — Soit une une différence moyenne pour les deux variétés de 480 fr. à l'hectare.

Champ de Bousbecque (LE CHEMIN DES VACHES)

Établi chez M. Catry.

Contenance totale.................. 34ª.48
Contenance des parcelles.......... 4ª.31
Nombre des parcelles 8

Nature du sol. — Peu éloigné de la Basse ville, cultivé par le même propriétaire, le sol du champ du chemin des vaches a de grandes analogies avec le précédent. L'état de la terre était excellent. L'analyse chimique constatait par kilogramme de terre :

Azote total...................... 3.20
Acide phosphorique total 1.30
Potasse 1.45
Chaux............................ 1.30

La composition du sol est donc analogue à celle du champ de la Basse ville.

Système de culture antérieurement suivi. — La terre du champ du chemin des vaches portait en 1887 une avoine fumée au purin (90 hectolitres à l'hectare) ; en 1888, betteraves de distillerie fumées avec fumier, tourteaux de colza, à raison de 300 kil. à l'hectare, et enfin sulfate d'ammoniaque 50 kil. à l'hectare à la levée. En 1889, blé sans fumure.

En février 1890, le champ avait reçu 110 hectol. de purin.

La terre a été déchaumée après le blé, et deux labours ont été donnés depuis.

Le dernier lin produit par cette terre date de 1882.

Nature des essais. — Le champ du chemin des vaches est installé exactement de la même façon que celui de la Basse ville. Les résultats de l'un étaient destinés à contrôler ceux de l'autre.

Les deux variétés cultivées étaient :

1º Lin de Pskoff amélioré russe de M. Vilmorin (parcelles 1-3-5-7).

2º Lin de tonne de Riga (parcelles 2-4-6-8).

Les quatre formules d'engrais étaient les mêmes qu'à la Basse ville, l'état de fertilité étant identique.

NUMÉROS des parcelles.	NATURE DES ENGRAIS.	DOSAGES des engrais.	PRIX des engrais aux 100 k.	DOSES des engrais à l'hectare.	DÉPENSE en engrais de commerce à l'hectare.
1 et 2	Tourteaux de pavot des Indes mou-lus (témoin).................	5.50 Az.	14 fr.	1.400 k.	196 fr.
3 et 4	Tourteaux pavot.................	5.50 Az.	14	907	196
	Sulfate de potasse..............	51 % Pot.	23	300	
5 et 6	Tourteaux pavot.................	5.50 Az.	14	1.116	196
	Superphosphates..............	13 % Cit.	6 63	600	
7 et 8	Tourteaux pavot..............	5.50 Az.	14	623	196
	Superphosphates.............	13 % Cit.	6 63	600	
	Sulfate de potasse.............	51 % Pot.	23	300	

Épandage des engrais. — Les engrais ont été épandus avant le labour, qui a servi à leur enfouissement.

Semailles. — Les semailles ont eu lieu le 4 avril, comme pour le champ de la basse ville.

Levée. — La levée s'est produite pour le Pskoff le 14 avril, et pour le Riga le 16, ainsi que cela avait eu lieu dans le champ précédent.

Végétation. — La végétation des deux lins présenta également les mêmes particularités que celle des lins de la Basse ville. Le Pskoff garde son avance et conserve plus de taille que le Riga, jusqu'à la maturation. L'effet des engrais se dessinait également de la même façon.

Voici le relevé de la taille des lins dans chaque parcelle au moment de la récolte.

FUMURES.	LIN DE PSKOFF.		LIN DE RIGA.	
	Numéros des parcelles.	Hauteur de la tige.	Numéros des parcelles.	Hauteur de la tige.
Tourteaux seuls (témoin)............	1	1ᵐ08	2	0.90
Tourteaux sels de potasse)...........	3	1.12	4	1.00
Tourteaux superphosphates............	5	1.16	6	1.03
Tourteaux, superphosphates, sels de potasse ..	7	1.17	8	1.05

Constatons comme précédemment :

1º Que pour une même fumure, le lin de Pskoff a plus de taille que le Riga ;

2º Que les deux variétés ont moins de hauteur dans les deux parcelles témoin que dans les autres ;

3º Que l'addition des sels de potasse aux tourteaux a pour effet d'augmenter la taille ;

4º Que la hauteur des tiges la plus élevée est obtenue dans les parcelles dont la fumure est une combinaison de trois engrais : tourteaux, superphosphates et sels de potasse.

Les deux variétés ont également résisté assez bien à la verse.

Récolte. — Elle s'est effectuée le 21 juillet dans des conditions très satisfaisantes.

Résultats. — L'état ci-dessous donne la récapitulation des rendements obtenus en graine et en lin battu.

État des rendements du champ du chemin des Vaches.

FUMURES.	NUMÉROS DES PARCELLES	LIN DE PSKOFF.				NUMÉROS DES PARCELLES	LIN DE RIGA.				MOYENNES des deux variétés par hectare.	
		PAILLE.		GRAINE.			PAILLE.		GRAINE.			
		par parcelle.	par hectare.	par parcelle.	par hectare.		par parcelle.	par hectare.	par parcelle.	par hectare.	Paille.	Graine
Tourteaux seuls (témoin)	1	k 310	k 7192	k 27	k 626	2	k 250	k 7331	k 24	k 704	k 7261	k 665
Tourteaux, sulfate de potasse	3	303	7030	32.5	754	4	301	6984	32.6	756	7007	755
Tourteaux , superphosphates	5	317	7355	30	696	6	313	7262	33.5	777	7308	736
Tourteaux , superphosphates, sulfate de potasse	7	323	7494	30.6	709	8	319	7401	34.2	793	7447	751

De l'examen des chiffres du tableau précédent, il ressort :

1° Que les rendements du Pskoff en lin battu, sont équivalents et même supérieurs à ceux du lin de Riga ;

2° La constatation contraire a lieu pour la graine ;

3° Les rendements des tourteaux et sulfate de potasse sont légèrement inférieurs à ceux des tourteaux seuls (témoin).

Il est assez difficile de connaître la cause de cette anomalie car il s'agit ici d'une contradiction qui se produit souvent dans les champs d'expériences à petites parcelles. Si l'on prenait en effet ce résultat à la lettre, on serait tenté de conclure que l'effet du sulfaté de potasse est négatif. Une telle conclusion serait erronée attendu que, d'une part, les rendements des parcelles 7 et 8 à fumure combinée sont supérieurs à tous les autres ; si l'effet de la potasse était réellement négatif il n'y aurait pas de raison pour que les parcelles 1 et 2 et 5 et 6 (qui ne contiennent pas de potasse, et par suite ont une plus grande quantité des autres éléments), ne donnent un rendement plus grand. D'autre part, nous avons pu voir que les chiffres sont tout autres quant à l'effet de la potasse dans les résultats du champ précédent, et nous pourrons nous convaincre également qu'ils se rapprochent plus de la vérité sous ce rapport, que ceux du champ qui nous occupe, quand nous verrons les chiffres du champ de Mastaing, qui concordent parfaitement avec ceux de la Basse ville et avec les résultats de nos études antérieures. Nous croyons donc pouvoir néanmoins conclure à l'influence heureuse des sels de potasse, jointe aux tourteaux ;

4° Les rendements en lin battu des parcelles témoin sont inférieurs (sauf l'exception dont nous venons de parler) aux autres ;

5° La fumure qui produit les rendements les plus élevés est celle avec tourteaux, superphosphates et sels de potasse.

Si l'on compare les poids de l'hectolitre des graines des deux variétés, on peut constater la même progression que dans les rendements.

	PSKOFF.		RIGA.	
	Numéros des parcelles.	Poids de l'hecto-litre de graine.	Numéros des parcelles.	Poids de l'hecto-litre de graine.
Tourteaux seuls (témoin)................	1	68	2	69.2
Tourteaux et sels de potasse	3	68.7	4	70
Tourteaux superphosphates...............	5	70.2	6	70
Tourteaux superphosphates et sels de potasse.	7	70.4	8	70.5

Les produits ont été estimés par le Comité linier, de la manière suivante :

	LIN DE PSKOFF.			LIN DE RIGA.		
	N°s des par-celles.	VALEUR marchande des 100 k. de		N°s des par-celles.	VALEUR marchande des 100 k. de	
		Paille.	Graine.		Paille.	Graine.
Tourteaux seuls (témoin)................	1	23.50	24	2	19	25
Tourteaux sels de potasse..............	3	23.25	24	4	22.25	25
Tourteaux superphosphates.............	5	24.50	24	6	23.75	25
Tourteaux super phosphates sels de potasse.	7	26.25	24	8	25	25

Ici encore, nous pouvons faire les mêmes constatations qu'au champ de la Basse ville :

1° Qualité supérieure de Pskoff quant à la filasse ;

2° Graine de plus grande valeur marchande pour le Riga ;

3° La valeur de la filasse s'accroît dans le même sens que les rendements. Les prix les plus faibles étant donnés au témoin, et les plus élevés à la fumure composée de trois engrais.

En appliquant aux rendements les chiffres d'estimation des produits, on arrive à des résultats analogues à ceux constatés déjà pour la Basse ville (1).

La fumure témoin avec tourteaux seuls donne 1.690 fr. de paille et 150 fr. de graine, soit 1.840 fr. à l'hectare avec le Pskoff.

Elle donne également 1.393 fr. de paille et 176 fr. de graine, soit 1.569 fr. à l'hectare, avec le Riga.

La fumure combinée avec tourteaux, sels de potasse et superphosphates, fournit des résultats très élevés. Le Pskoff donne 1.967 fr. de paille et 170 fr. de graine, soit 2.137 fr. à l'hectare, et le Riga 1.850 fr. de paille, 198 en grain, c'est-à-dire 2.048 à l'hectare.

En rapprochant les chiffres fournis par les deux fumures, on voit que la fumure combinée aux trois engrais rapporte 297 fr. à l'hectare de plus que la fumure témoin, avec le Pskoff. Cette différence est de 479 fr. pour le Riga. Si l'on prend la moyenne des différences des deux variétés, on obtient 388 fr.

Ce sont ces derniers chiffres seulement qu'il y a lieu de retenir, eux seuls ont une certaine valeur numérique.

Quant aux sommes qui représentent les produits bruts à l'hectare cités plus haut, nous faisons les mêmes réserves qu'en examinant les résultats du champ de la Basse ville, ils ne peuvent avoir de valeur agricole réelle, puisqu'ils n'ont qu'un caractère comparatif.

---

(1) La publicité donnée à de tels chiffres ne produit jamais bonne impression, parce que l'on peut les interpréter à la lettre. — Nous n'aurions probablement pas cru devoir les publier, s'ils n'avaient été déjà livrés à la publicité par le Comité linier. — L. Comon.

Champ de Mastaing
établi chez M. C. Coquelle.

Contenance totale.............................. 2 h. 40
Contenance des parcelles .... 20 ares
Nombre des parcelles : 12.

Nature du sol. — Sans faire partie du centre producteur du lin, comme Bousbecque, la plaine de Mastaing est tout à fait favorable à la production de ce textile; la terre est formée par un limon argilo-siliceux, léger, assez friable et d'une profondeur suffisante.

La pièce de trois hectares où nous avons pris les 2 hectares 40 de notre champ, est bien homogène dans toutes ses parties.

L'analyse chimique nous donne la composition suivante qui est celle d'une bonne terre moyenne, plus calcaire que celles de Bousbecque, et presque suffisante en potasse.

Azote total.................... , ... 1,50
Acide phosphorique.................... 1,70
Potasse 1,90
Chaux................................ 22,00

Plantes précédentes. — En 1888, le champ avait produit du blé fumé au phosphate de Quiévy (450 k. à l'hectare) et au nitrate (150 k.) En 1888 il portait de l'hivernage sans fumure.

Le dernier lin date d'une époque indéterminée, et par conséquent fort reculée.

Nature des essais. — Notre point de départ, était ici comme à Bousbecque, la fumure aux tourteaux seuls, qui est presque exclusivement employée dans le pays, pour lin ; le tourteau fut celui de chanvre, à la dose de 1,400 k. à l'hectare, soit une dépense de 178 fr. 50.

A ces tourteaux ont été successivement ajoutés, des superphosphates, puis du sulfate de potasse, puis enfin du nitrate de soude, en retranchant la quantité de tourteaux nécessaire, pour que chaque fumure donne une dépense exacte de 178 fr. 50.

Ces différents engrais sont ensuite réunis en une même formule, puis enfin nous conservons les trois engrais chimiques et nous supprimons le tourteau.

Voici, d'ailleurs le tableau complet de la disposition des essais :

N°s des PARCELLES	NATURE DES ENGRAIS.	TITRES des ENGRAIS.	PRIX des ENGRAIS aux 100 k.	DOSES des ENGRAIS à l'hectare.	DÉPENSE en engrais de commerce à l'hectare.
			f.	k.	f.
1 et 2	Tourteaux de chanvre moulus	4,25 Az	12 75	1.400	178 50
3 et 4	Tourteaux de chanvre......	4,25 Az.	12 75	880	
	Superphosphates..........	13 Cit.	6 63	1.000	178 50
5 et 6	Tourteaux de chanvre......	4,25 Az,	12 75	678	
	Sulfate de potasse.........	51 Pot.	23 »	400	178 50
7 et 8	Tourteaux de chanvre.......	4,25 Az.	12 75	1.102	
	Nitrate de soude..........	15,5 Az.	19 »	200	178 50
9 et 10	Tourteaux de chanvre......	4,25 Az.	12 75	376	
	Nitrate de soude..........	15,5 Az.	19 »	150	
	Sulfate de potasse..........	51 Pot.	23 »	300	178 50
	Superphosphates...........	13 Cit.	6 63	500	
11 et 12	Nitrate de soude..........	15,5 Az	19 »	200	
	Sulfate de potasse..........	51 Pot.	23 »	352	178 50
	Superphosphates..........	13 Cit.	6 63	900	

Les deux variétés de lins expérimentées étaient comme à Bousbecque :

1° Le lin de Riga de tonne, (parcelles, 2, 4, 6, 8, 10, 12) ;

2° Le lin de Pskoff amélioré russe de la maison Vilmorin (parcelles 1, 3, 5, 7, 9 11).

Épandage des engrais. — Les tourteaux, superphosphates et sels de potasse, furent épandus avant le labour de semailles. La moitié du nitrate fut semée à la volée en couverture après la semaille, la seconde moitié au moment de la levée.

Semailles. — Les deux variétés furent semées le 10 avril dans de bonnes conditions.

Levée. — Le Pskoff levait le 21 et la tonne de Riga le 23, la levée eut lieu très régulièrement par suite des pluies douces et fréquentes qui eurent lieu à cette époque.

Végétation. — Le Pskoff prit immédiatement l'avance, et la conserva, comme a Bousbecque, jusqu'à la maturation.

Les parcelles à nitrate de soude et tourteaux, sans acquérir plus de taille que les autres, conservèrent pendant la végétation une couleur vert foncé, qui indiquait un excès d'Azote.

Les parcelles 5 et 6 (tourteaux et sulfate de potasse) se firent remarquer, pendant toute la période de croissance par une teinte vert clair d'exellent augure.

La végétation, (malgré un temps assez sec, qui suivit la période de levée, et qui empêcha légèrement la croissance), fut assez régulière.

Quant à la maturation, elle fut très bonne, car les bourrasques de juin-juillet furent beaucoup moins fortes à Mastaing qu'à Bousbecque.

Au moment de la maturation, on pouvait déjà juger du resultat final ; le tableau ci-dessous donne la hauteur moyenne des tiges pour chaque parcelle.

	PSKOFF.		RIGA.	
	Nᵒˢ des PARCELLES.	HAUTEUR des TIGES.	Nᵒˢ des PARCELLES.	HAUTEUR des TIGES.
Tourteaux seuls (témoin)........	1	0,95	2	0,88
Tourteaux superphosphates.......	3	0,97	4	0,90
Tourteaux sulfate de potasse....	5	1,00	6	0,97
Tourteaux nitrate..............	7	0,95	8	0,85
Tourteaux nitrate, superphosphate sels de potasse...............	9	0,96	10	0,90
Nitrate, superphosphate, sels de potasse..................	11	0,90	12	0,80

La hauteur des tiges ci-dessus, est, ainsi que nous le verrons plus loin, comme à Bousbecque assez proportionnelle aux rendements. Cependant, on remarquera que la plus grande taille correspond à la fumure au sulfate de potasse et tourteaux, et l'une des plus faibles, (fait assez curieux) aux parcelles 7 et 8 (tourteaux nitrate) la plus faible provient des engrais chimiques seuls (parcelles 11 et 12).

On remarquera également, que pour chaque nature de fumure, le lin de Pskoff a plus de taille que le Riga.

Récolte. — La récolte s'est effectuée le 28 juillet dans des conditions normales.

Résultats. — Le tableau ci-dessous donne les rendements complets des produits du champ, d'après le procès-verbal de la Commission de pesée, composée de MM. C. Coquelle, propriétaire du champ ; H. Fauville de Boucheneuil ; Risbourg de Rœulx ; Lanthiez d'Abscon et Danquigny de Mastaing.

Rendements en lin battu et en graine, du champ de Mastaing.

FUMURES	N° des parcelles	LIN DE PSKOFF					N° des parcelles	LIN DE RIGA					MOYENNE des deux variétés par Hectare.	
		RENDEMENTS par PARCELLE.			REN-DEMENTS à l'Hectare			RENDEMENTS par PARCELLE.			REN-DEMETS à l'Hectare			
		Lin non battu.	Lin battu.	Graine.	Lin battu.	Graine.		Lin non battu.	Lin battu.	Graine.	Lin battu.	Graine.	Lin battu.	Graine.
Tourteaux seuls (témoin)	1	973	848	125	4240	625	2	787	680	107	3400	535	3820	580
Tourteaux superphosphates	3	992	864	128	4320	640	4	785	680	105	3400	525	3860	582
Tourteaux sulfate de potasse	5	861	764	97	3820	485	6	1081	960	121	4800	605	4310	545
Tourteaux, nitrate	7	798	696	102	3480	510	8	1135	1000	135	5000	675	4240	592
Tourtx, nitrate, superphosphates, sulfate de potasse	9	1188	1048	140	5240	700	10	1024	896	128	4480	640	4860	670
Nitrate, superphosphates, sels de potasse	11	858	760	98	3800	490	12	1090	960	130	4800	650	4300	570

De l'examen des chiffres du tableau ci-dessus, il ressort :

1° Que les rendements du Pskoff en lin battu, sont à peu de choses près équivalents à ceux du lin de Riga. Le plus fort rendement du champ, est donné par la parcelle 9 de Pskoff, (5,240 k.) qui avait reçu des tourteaux, et les trois engrais chimiques ;

2° Malgré quelques inégalités, le lin de Riga donne plus de graine que le Pskoff.

Si, pour apprécier l'effet des engrais, on jette les yeux sur la colonne des moyennes du rendement donnée par les variétés, on voit que ;

4° Les rendements les plus faibles en lin battu sont donnés par les parcelles témoin avec tourteaux ;

5° Les rendements les plus faibles en grains, sont fournis par les parcelles aux tourteaux et sulfate de potasse ;

4

6° Les rendements les plus élevés en lin battu et en graine, sont donnés par les parcelles 9 et 10 (tourteaux, nitrate, sulfate de potasse et superphosphates) ;

7° On peut également remarquer, que la suppression des tourteaux est très désavantageuse, puisque les rendements des parcelles 11 et 12, sont inférieurs à ceux des parcelles 9 et 10.

Nous regrettons beaucoup que par suite d'un malentendu fâcheux les échantillons des différentes parcelles du champ de Mastaing n'aient pu arriver à temps à Bousbecque pour être appréciés et estimés par la Commission du Comité linier.

La Commission de pesée, nous a cependant fourni des appréciations non chiffrées qui n'en sont pas moins précieuses, et que nous reproduisons ci-dessous :

		PSKOFF.				RIGA.		
	N⁰ˢ des parcelles	COULEUR à la maturation.	QUALITÉ de la paille.	QUALITÉ de la graine.	N⁰ˢ des parcelles	COULEUR à la maturation	QUALITÉ de la paille.	QUALITÉ de la graine.
Tourteaux seuls (témoin).	1	bonne	bonne	bonne	2	bonne	bonne	bonne
Tourteaux superphosphates	3	bonne	bonne	bonne	4	bonne	bonne	bonne
Tourteaux sels de potasse..	5	très bonne	très bonne	bonne	6	très bonne	très bonne	bonne
Tourteaux nitrate.	7	mauvaise	mauvaise	passable	8	mauvaise	mauvaise	passable
Tourt⁵, nitrate, superphosphates, sels de potasse..	9	bonne	bonne	bonne	10	bonne	bonne	bonne
Nitrate, superphosphates, sels de potasse..	11	bonne	bonne	bonne	12	bonne	bonne	bonne

La maturation a donc été favorisée par le sulfate de potasse, et la qualité de la paille en est meilleure. Elle a au contraire été entravée dans les parcelles 7 et 8, par suite d'un excès d'Azote.

Champ de Spycker

Établi chez M. O. Legrand.

Contenance totale................... 1ʰ 15ᵃ
Contenance par parcelle.............. 0ʰ 15ᵃ 30
Nombre de parcelles : 6

Nature du sol. — Le sol du champ de Spycker, était un limon sablonneux et calcaire, mais assez consistant, semblable à une bonne partie des terres de cette partie de l'arrondissement de Dunkerque. L'analyse chimique donnait par kilog :

Azote total..................... 1,20
Acide phosphorique.............. 1,80
Potasse........................ 1,60
Chaux.......................... 44,00

Culture antérieure. — En 1887, le champ portait de l'avoine fumée au fumier. En 1888, des pois qui avaient reçu 1,000 k. de tourteaux à l'hectare. Enfin en 1889, c'était un blé fumé avec une faible fumure de fumier, et 150 hectolitres de vidanges. L'état de la terre était très bon ; le dernier lin datait de 1883.

Nature et disposition des essais. — Au moment où nous prîmes possession du champ, celui-ci avait reçu dans toutes ses parties :

1,000 k. de tourteaux en février ;
900 k. de superphosphates 16.8 cit. appliqués en mars.

M. Legrand comptait en outre mettre 200 k. de nitrate de soude à la levée ; ce qui constituait une fumure de 225 fr. l'hectare ; c'est cette fumure qui fut prise pour témoin ; à côté d'elle, on ajouta du sulfate de potasse ; et enfin dans la 3ᵉ bande, le sulfate de potasse fut maintenu ; mais le nitrate de soude fut remplacé par une quantité équivalente de sulfate d'ammoniaque.

Au moyen de cette disposition, nous pouvions nous rendre compte de l'effet produit par les sels potassiques en comparant la 1ʳᵉ bande à la seconde, et de celui du nitrate de soude comparé au sulfate d'ammoniaque.

Le tableau suivant résume la disposition des essais.

NUMÉROS des parcelles.	ENGRAIS EMPLOYÉS.	Dosages.	PRIX des 100 kil.	DOSES en kil. à l'hectare.	DÉPENSE en engrais à l'hectare.
1 et 2	Tourteaux arachides demi-décortiqués	5 à 6 az.	12 fr.(?)	1000 k.	225fr.50
	Superphosphates	16.8 cit.	7 »	900 »	
	Nitrate de soude	15.5 az.	21.25	200 »	
3 et 4	Tourteaux d'arachides	5 à 6 az.	12 »(?)	1000 »	294 50
	Superphosphates	16.8 cit.	7 »	900 »	
	Nitrate de soude	15.5 az.	21.25	200 »	
	Sulfate de potasse	51 pot.	23 »	300 »	
5 et 6	Tourteaux d'arachides	5 à 6 az.	12 »(?)	1000 »	297 »
	Superphosphates	16.8 cit.	7 »	900 »	
	Sulfate d'ammoniaque	20/21 az.	30 »	150 »	
	Sulfate de potasse	51 pot.	23 »	300 »	

Les deux variétés mises en présence étaient comme dans les deux champs de Bousbecque et celui de Mastaing :

1° Le lin de Pskoff de M. Vilmorin (parcelles 1, 3, 5);

2° Le lin de tonne de Riga (parcelles 2, 4, 6).

Épandage des engrais. — Les tourteaux, avons-nous dit et les superphosphates ont été épandus respectivement en février et en mars. Le sulfate de potasse au 1er avril. Le tout a été enfoui par le labour de semailles. Le nitrate de soude et le sulfate d'ammoniaque ont été semés en couverture à la levée.

Semailles. — Les semailles eurent lieu le 4 avril à la volée, à raison de 200 litres à l'hectare, pour les deux variétés.

Levée. — La levée fut assez bonne, le 15 avril : celle du Pskoff précéda d'un jour ou deux celle de Riga.

Végétation. — La végétation fut peu normale; vers le 14 juin, les contours de la pièce, du côté du champ qui avait porté du lin l'année précédente, se borduraient. Les fourrières furent brûlées, et l'on fut obligé à la récolte de diminuer les parcelles de ce côté du champ.

Pendant le mois de juin, le Pskoff conserva son avance; et les bandes au nitrate de soude paraissaient plus vigoureuses. L'effet du sulfate de potasse ne se dessinait pas encore.

Ce n'est que vers la mi juin, que la bande au sulfate d'ammoniaque regagna, et dépassa bientôt les bandes au nitrate de soude. A cette époque, la supériorité du lin de Pskoff était marquée.

A l'arrachage, les parcelles au sulfate de potasse avaient une couleur jaunâtre qui indiquait une bonne maturation.

Le tableau ci-dessous donne la hauteur moyenne des tiges dans les différentes parcelles, pour chaque variété, au moment de la récolte :

	PSKOFF.		RIGA.	
	NUMÉROS des parcelles.	HAUTEUR des tiges.	NUMÉROS des parcelles.	HAUTEUR des tiges.
Tourt, superphosphates, nitrate.	1	0,83	2	0.60
Tourt, superphosphate, nitrate, sels de potasse............	3	0,90	4	0,70
Tourt, superphosphates sulfate d'ammoniaque, sels de potasse.	5	0,90	6	0,65

Le lin de Pskoff a conservé, comme on le voit, plus de taille que le Riga, dans chaque parcelle correspondante, on verra plus loin que la taille est en raison directe des rendements.

Récolte. — Le 21 juillet, l'arrachage eut lieu, et les lins restèrent sur terre, jusqu'au 14 août.

La pesée du lin en graine eut lieu *en vert*; elle se fit en présence de la Commission de pesée, qui était composée de :

MM. F. Vanhoove, de Spycker;
A. Stevenoot, d'Armbouts-Cappel;
Depoers, Jules, Maire de Spycker,

assistés de M. O. Legrand, et de l'Instituteur de Spycker.

État des rendements de Spycker.

FUMURES.	LIN DE PSKOFF.				LIN DE RIGA.				MOYENNES des deux parcelles par hectare.	
	Nᵒˢ des parcelles.	Lin en graine.	Lin battu.	Graine.	Nᵒˢ des parcelles.	Lin en graine.	Lin battn.	Graine.	Lin battu.	Graine.
Tourteaux...... Superphosphates...... Nitrate......	1	6498	4706	493	2	5208	3491	675	4098	584
Tourteaux...... Superphosphates...... Nitrate...... Sulfate de potasse......	3	7000	4980	620	4	6000	4015	785	4497	702
Tourteaux...... Superphosphates...... Sulfate d'ammoniaque...... Sulfate de potasse......	5	8300	6039	601	6	6000	3991	809	5015	705

Après examen du tableau ci-dessus, on constate ;

1° Que le lin de Pskoff a donné des rendements en lin battu supérieurs à ceux du Riga, et cela, dans chaque parcelle.

2° Que le lin du Riga a constamment fourni de plus forts rendements en graine que le Pskoff.

3° Les parcelles témoin aux superphosphates, tourteaux et nitrate, donnent des rendements plus faibles que les autres.

4° On peut en conclure que les sels de potasse augmentent les rendements.

5° Il est permis de supposer, que pour l'année où ces essais ont été installés, le remplacement du nitrate de soude par le sulfate d'ammoniaque est avantageux.

Le poids des graines à l'hectolitre était à peu de chose près le même pour toutes les parcelles.

La valeur marchande des produits a été estimée comme suit par la commission de pesée :

FUMURES.	Nᵒˢ des parcelles.	PSKOFF.		Nᵒˢ des parcelles.	RIGA.	
		Valeur marchande des 100 k. de			Valeur marchande des 100 k. de	
		Lin battu.	Graine.		Lin battu.	Graine.
		FR.	FR.		FR.	FR.
Tourteaux, superphosphates, nitrate.	1	14	28	2	10	28
Tourteaux, superphosphates, nitrate.. sels de potasse....................	3	16	28	4	12	28
Tourteaux, superphosphates, Sulfate d'ammoniaque, sels de potasse.....	5	16	28	6	12	28

On voit que le Pskoff conserve ici encore sa supériorité, quant à la valeur du produit textile.

On peut également remarquer que les sels de potasse ont augmenté sensiblement la valeur marchande du lin battu.

Si l'on applique les chiffres du précédent tableau à ceux de l'état des rendements, on obtient les produits bruts à l'hectare :

FUMURES.	Nᵒˢ des parcelles.	PSKOFF.			Nᵒˢ des parcelles.	RIGA.		
		PRODUITS BRUTS				PRODUITS BRUTS		
		en paille.	en grain.	Total.		en paille.	en grain.	Total.
Tourteaux, superphosphates, nitrate.	1	658 fr.	138 fr.	796	2	349 fr.	189 fr.	538
Tourteaux, superphosphates, nitrate, sels de potasse	3	796 »	173 »	969	4	481 »	219 »	700
Tourteaux, superphosphates, sulfate d'ammoniaque, sels de potasse	5	966 »	168 »	1134	6	479 »	226 »	705

Les chiffres des parcelles témoin ne sont pas comparables à ceux des autres bandes d'engrais, car on se rappelle que la bande témoin ne comportait que 225 fr. 50 d'engrais, tandis que la bande 3 et 4 recevait pour 294 fr. 50 d'engrais, et la bande 5-6, 297 fr. — Pour rendre ces chiffres comparables, il y a donc lieu de retrancher l'excédent de dépense en engrais des parcelles 3 et 4, et 5 et 6, du produit brut, pour avoir le produit brut réel.

On obtient ainsi le tableau suivant :

FUMURES.	RIGA		PSKOFF.	
	Numéros des parcelles.	Produit brut réel.	Numéros des parcelles.	Produit brut réel.
Tourteaux, superphosphates, nitrate	1	796	2	538
Tourteaux, superphosphates, nitrate, sels de potasse........................	3	900	4	631
Tourteaux, sulfate d'ammoniaque, sels de potasse............	5	1002	6	023

Ces chiffres sont probablement exagérés, si on les compare à ce que ces lins auraient pu rapporter en grande culture, mais ils conservent toute leur valeur si on les compare entre eux.

On peut en conclure :

1° Que le lin de Pskoff semble plus productif, d'une manière générale, que le Riga ;

2° Que l'emploi du sulfate de potasse est avantageux ;

3° Que le remplacement du nitrate de soude par le sulfate d'ammoniaque peut être considéré comme utile, si toutefois on prend la moyenne des produits bruts réels des parcelles 5 et 6.

Conclusions à tirer des expériences sur le lin.

Si nous rapprochons tous les résultats de nos expériences sur le lin, nous tirons les conclusions générales suivantes :

1° Le lin russe de Pskoff de M. Vilmorin, comparé au lin de Riga de tonne, donne au moins autant de produits en filasse que ce dernier ;

2° Le Pskoff rend moins en graine ;

3° La filasse du Pskoff est de meilleure qualité, ce qui rend la culture de cette variété plus avantageuse que celle du Riga ;

4° Les sels de potasse, sous forme de sulfate, donnent toujours des excédents de rendements, même dans les sols riches en potasse ;

5° La qualité des produits est constamment augmentée par l'addition de sels de potasse ;

6° Les engrais phosphatés semblent agir de la même façon que les sels de potasse, mais sans pouvoir remplacer ces derniers ;

7° Les fumures qui donnent le plus de rendement, et le plus de produit brut, sont celles composées de : 2/5 de tourteaux,

$$1/5 \text{ de superphosphates,}$$
$$1/5 \text{ de sels de potasse,}$$

avec addition d'une plus ou moins grande quantité d'engrais azoté soluble, suivant l'année ou la fertilité du terrain ;

8° La suppression complète des tourteaux, et la culture aux engrais chimiques seuls, semble désavantageuse ;

9° La culture aux tourteaux seuls donne moins de rendement, moins de qualité et moins de produit brut, que la combinaison de ces engrais avec les sels phosphatés et potassiques ;

10° Le remplacement du nitrate de soude par le sulfate d'ammoniaque paraît être avantageux certaines années.

POMMES DE TERRE.

Au point de vue alimentaire, la pomme de terre doit occuper dans le département du Nord, comme dans toute région où la population est dense, une place importante. Au point de vue industriel, elle a probablement un certain avenir.

Nous ne voudrions pas médire de la betterave, qui règne en maîtresse presque absolue chez nous ; Elle conservera toujours, malgré toutes les vicissitudes que la culture traversera peut-être encore, la première place, qui lui revient d'ailleurs à juste titre, car elle est bien dans le Nord sur son véritable terrain.

Cette faveur sera-t-elle toujours incontestée ? Il est permis de penser que non, car, il faut bien le dire, bon nombre de nos agriculteurs, placés peut-être dans des conditions peu favorables, considèrent aujourd'hui la betterave comme un pis aller. Si ces conditions se modifient, soit dans un sens particulier, soit dans un sens général pour devenir plus difficiles, on a le droit de se demander ce qu'ils feront, sur quelle cultures ils porteront leurs efforts, puisque la plupart des plantes sarclées sont encore moins possibles, si l'on admet que dans le Nord, une culture industrielle est indispensable dans la plupart des cas.

Ces considérations nous ont fait penser, que tout en cherchant à améliorer la culture de nos plantes textiles et autres, il était de notre devoir d'étudier aussi la production de la pomme de terre au point de vue industriel, car jusqu'ici les produits de cette plante ne sont cultivés dans le Nord que pour la consommation. Si, plus tard, nos distilleries de betteraves voient un avantage à travailler des tubercules, elles pourront se transformer facilement, et comme dans notre département, les capitaux ne manquent pas, il n'est pas déraisonnable d'espérer un jour, la création de féculeries agricoles ou industrielles, qui créeront un débouché facile à ce produit nouveau, qui ne pourra avoir de prétention qu'à être un dérivatif à la betterave, sans jamais la remplacer.

Il n'y a donc pas à se préoccuper outre mesure de la question du débouché. Celui-ci se formera de lui-même, dès que le moment sera venu.

La question de production a bien aussi son importance, et c'est sur elle que nous comptons faire porter nos efforts.

Si nous admettons que la pomme de terre industrielle ne remplacera jamais la betterave, il y a lieu de se préoccuper si ces deux plantes peuvent vivre côte à côte et entrer dans le même assolement. Évidemment, la chose est possible, et les avances que l'on fait pour l'une profiteront à l'autre, puisqu'elles peuvent se succéder. D'autre part, la pomme de terre demande généralement moins de sacrifices que la betterave, même en culture intensive, et si l'on fait suivre la pomme de terre d'un blé, cette céréale pourra se semer dans des conditions bien plus favorables qu'après betterave, puisque le temps ne manquera pas pour préparer la terre, la pomme de terre se récoltant plus tôt. Nous savons que dans bien des cas on n'a pas d'avantage à semer avant novembre, mais on pourra tout au moins utiliser et généraliser des variétés qui demandent un ensemencement relativement hatif, et qui donnent de très forts rendements, comme les blés d'Australie par exemple, et les épis carrés en général.

On peut certainement objecter que les variétés industrielles sont tardives. Leur maturité correspond avec l'époque de l'arrachage des betteraves. La période du commencement d'octobre serait donc surchargée comme travaux. — Pour obvier à ces inconvénients, on pourra faire usage de variétés plus ou moins hâtives afin d'échelonner la récolte, comme on le fait d'ailleurs souvent pour la betterave.

M. Aimé Girard, s'est le premier occupé de la question de la production de la pomme de terre industrielle en France, et ce sont ses intéressantes études, qui ont fait connaître les qualités de l'excellente variété: *Richters Imperator*. — Elle allie, comme on sait, une grande richesse en fécule à un rendement cultural très considérable; les essais très nombreux effectués dans les conditions les plus variées, que M. Aimé Girard a fait installer dans toutes les parties de la France, prouvent que cette variété est susceptible de fournir de 30 à 40,000 k. à l'hectare, avec 10 à 20 % de fécule anhydre. Il est donc à supposer que dans nos terres du Nord, on pourrait espérer un rendement de 30,000 k. à l'hectare en grande culture, avec 18 ou 19 % de fécule anhydre. Si de tels tubercules pouvaient se vendre 40 fr. les 1,000 k., à l'industrie, on obtiendrait ainsi un produit brut de 1,200 fr. à l'hectare, chiffre que l'on n'atteint qu'exceptionnellement aujourd'hui avec la betterave, et cela avec moins de sacrifices.

Nous avons commencé en 1889-90 une série d'essais sur cette variété, qui, comme nous le verrons, n'ont pas donné ce que nous espérions. Il est d'abord très difficile de se procurer de bons plants. Les tubercules sont très gros, et en général la Richter's Imperator supporte assez mal le sectionnement Les plants dont nous avons fait usage en 1890 provenaient de M. Thiry directeur de l'École pratique d'agriculture de Tomblaine; ils avaient cet inconvénient. Le voyage en avait détérioré bon nombre, et enfin la *gangrène de la tige*, et les gelées avaient réduit considérablement le nombre des pieds, et par suite diminué le rendement. D'autre part, l'apparition inopinée des gelées en décembre 1890, n'a pas permis à plusieurs de nos collaborateurs, d'envoyer leurs tubercules à l'analyse. — Nos résultats sont donc incomplets, et les rendements peuvent être considérés comme beaucoup en dessous de ce qu'ils devaient être ; nous les publions néanmoins très brièvement dans le seul but de signaler les quelques particularités intéressantes que nous avons observées.

Champ d'Haubourdin
établi chez M. Auguste Potié.

Surface totale.................... 1ʰ.50

M. Auguste Potié d'Haubourdin avait établi sur un champ bien préparé, les essais suivants :

PARCELLES 1   fumier et vidanges.   }   Sur la variété
       1′   fumier, vidanges et nitrate de Potasse. }   Institut
       1″   fumier, vidanges et sulfate de Potasse. }   de Beauvais.

PARCELLES 3   fumier et vidanges.   }   Sur la variété
       3′   fumier, vidanges et nitrate de Potasse. }   Magnum bonum.
       3″   fumier, vidanges et sulfate de Potasse. }

PARCELLES 2   fumier et vidanges.   }   Sur la variété
       2′   fumier, vidanges et nitrate de Potasse. }   Lesquin (du pays)
       2″   fumier, vidanges et sulfate de Potasse. }   ou Séguin.

PARCELLES 4   fumier et vidanges.   }   Sur la variété
       4′   fumier, vidanges et nitrate de Potasse. }   Richter's
       4″   fumier, vidanges et sulfate de Potasse. }   Imperator.

Le but de l'essai était donc, d'une part, de rechercher l'influence des sels de potasse en général et du nitrate de potasse en particulier ; et, d'autre part, de comparer trois variétés à grands rendements, à la variété ordinaire du pays, la Lesquin.

Végétation. — L'été ayant été très pluvieux, les pommes de terre ont pris un très grand développement dans leurs parties vertes. Les tubercules étaient néanmoins bien formés mais, comme nous le verrons plus loin, un grand nombre d'entre eux ont été endommagés par la maladie, surtout parmi les variétés comestibles.

Récolte. — La récolte s'est faite dans de bonnes conditions.

Voici l'état des rendements à l'hectare :

	Institut de Beauvais.		Magnum Bonum.		Lesquin.		Richter's Imperator.	
	Nᵒˢ	POIDS.	Nᵒˢ	POIDS.	Nᵒˢ	POIDS.	Nᵒˢ	POIDS.
		k.		k.		k.		k.
Fumier et vidanges	1′	25.000	3′	18.000	2′	22.000	4′	24.000
Fumier, vidanges, nitr. de potasse	1″	30.000	3″	22.000	2″	25.000	4″	28.000
Fumier, vidanges, sulf. de potasse	1‴	22.000	3‴	16.000	2‴	18.000	4‴	22.000

Il est certain, d'après ces chiffres, que l'influence heureuse du nitrate de potasse ressort avec évidence. Il y a lieu de se demander si cette heureuse influence ne provient pas de l'azote nitrique, que l'on aurait pu se procurer facilement en employant le nitrate de soude ; car, si l'élément potasse agit, il aurait dû montrer son effet dans les parcelles 1‴, 3″, 2″ et 4″.

D'autre part, on pourrait supposer que c'est la combinaison azote et potasse qui a pu produire un résultat aussi tangible et aussi régulier que celui que nous signalons. Dans ce cas, il y a lieu de se demander si l'on n'aurait point obtenu de résultat aussi satisfaisant, et peut-être *plus économique*, si l'on avait ajouté au sulfate de potasse, une quantité donnée de nitrate de soude contenant une dose d'azote nitrique égale à celle du nitrate de potasse employé. C'est un complément d'essai que nous comptons bien faire en 1891, car, l'emploi du nitrate de potasse est généralement peu pratique, vu le prix élevé de ce sel.

Si nous prenons les parcelles 1′, 2′, 3′, 4′ au nitrate de potasse, qui ont toutes donné le plus de rendement pour chaque variété, nous arrivons au classement suivant :

Nᵒ 1. Parcelle 1′ Institut de Beauvais......... 30 000 kil.
Nᵒ 2. Parcelle 4′ Richter'S Imperatos .... 28 000 kil.
Nᵒ 3. Parcelle 2′ Lesquin..................... 25 000 kil.
Nᵒ 4. Parcelle 3′ Magnum Bonum.............. 22 000 kil.

La richesse en fécule de ces quatre variétés était la suivante :

	MATIÈRES sèches.	FÉCULE anhydre.
Richter's Imperator	23	17.80
Lesquin	21.80	16
Institut de Beauvais	21.80	16
Magnum Bonum	21.30	15.60

On voit que la Richter's Imperator, sans être aussi riche en fécule qu'elle l'est d'habitude, occupe néanmoins le 1er rang.

Comparées quant à la qualité de la chair, ces quatre variétés ont été classées comme suit :

Lesquin .... Chair bonne.
Magnum Bonum .... Chair médiocre.
Richter's Imperator .... Chair médiocre.
Institut de Beauvais .... Chair mauvaise.

Au point de vue comestible (car il n'y a pas lieu pour le moment d'établir de prix industriel), ces quatre variétés ont été cotées :

Lesquin .... 7.50 les 100 kil.
Magnum Bonum .... 5.50 —
Richter's Imperator .... 5.50 —
Institut de Beauvais .... 4.50 —

Si l'on applique ces prix aux rendements des parcelles 1', 2', 3', 4', on obtient les produits bruts suivants à l'hectare :

Lesquin .... 1875 fr. ⎫
Richter's Imperator .... 1540 fr. ⎪ Il n'y a lieu d'attribuer
Institut de Beauvais .... 1350 fr. ⎬ à ces chiffres qu'une valeur
Magnum Bonum .... 1210 fr. ⎭ comparative.

Au point de vue de l'influence de la maladie (peronospora

infestans) sur ces quatre variétés, on peut établir le classement suivant :

	Proportion de tuberculoses gâtés :
Magnum Bonum	0
Richter's Imperator	3 %
Institut de Beauvais	6 %
Lesquin	40 %

M. Potié a remarqué que dans chaque variété, les billons les mieux exposés au soleil, comportaient moins de tubercules avariés. Il avait placé, à une extrémité du champ d'expériences, 9 ares d'Institut de Beauvais, fumées avec fumier et vidanges, comme la parcelle 1, mais beaucoup plus espacées ; cette dernière parcelle a rendu 30.000 kil. à l'hectare, et la parcelle N° 1 donnait seulement 25.000. M. Potié attribue à juste titre cet excédent de rendement à l'éloignement des pieds, et il considère que pour les variétés à grand rendement, une condition de réussite est un large espacement.

Des résultats du champ d'Haubourdin, on ne peut tirer que les conclusions suivantes :

1° Au point de vue du rendement, l'emploi du nitrate de potasse a été très manifeste ;

2° La Richter's Imparator est la plus riche en fécule ;

3° Elle est l'une des variétés dont le rendement est le plus élevé ;

4° Parmi les espèces à grand rendement, elle est celle qui offre le moins de prises à la maladie (*Peronospora infestans*) ;

5° Il semble résulter également que la plantation espacée est utile pour les pommes de terre à grands rendements.

Champ de Spycker (POMMES DE TERRE)
établi chez M. Sename.

Contenance totale	56 ares.
Contenance des parcelles	3ª.50 et 7 ares.
Nombre des parcelles :	12.

Le champ de M. Sename portait en 1888, de l'avoine fumée

avec 700 kil. à l'hectare, de sang et de viande des abattoirs. Les produits avaient été de 60 hectolitres à l'hectare.

En 1889 un blé avait remplacé l'avoine. Il fut fumé au moyen de 750 kil. du même engrais et 200 kil. nitrate. Le produit avait été de 33 hectolitres à l'hectare.

Le sol avait reçu un labour en décembre.

C'est une terre argilo-siliceuse grise, *très calcaire*, se rapprochant beaucoup de celle du champ de lin de M. Legrand. Elle contient 1.70 de potasse et 1.80 d'acide phosphorique.

Nature des essais. — Ils portaient sur trois variétés de pommes de terre :

La ronde hâtive, 6 semaines du pays.

Une longue jaune, demi hâtive du pays (boudin blanc).

La Richters Imperator.

On avait disposé quatre bandes d'engrais :

	TITRE des engrais.	PRIX commerciaux des engrais.	DOSES des engrais à l'hectare.	DÉPENSE en engrais à l'hectare.
Sans engrais..............	»	»	»	0 fr.
Sulfate de potasse............	51. Pot.	23.75	300 k.	71 fr. 25
Superphosphates............	13 %. Cit.	6.63	300	46 89
Nitrate de soude.	15.5 Az.	18.	150	
Superphosphates............	13 %. Cit.	6.63	300	73 89
Nitrate de soude............	15.5 Az.	18.	150	
Sulfate de potasse............	51. Pot.	23.75	150	

Végétation. — La plantation fut tardive, et la végétation languissante au début, surtout pour les parcelles au sulfate de potasse seul. A partir du mois de juin, les pluies devinrent fréquentes, et la végétation fut assez normale.

On avait remarqué que la levée avait été mauvaise pour la Richters Imperator, car plusieurs tubercules avaient été avariés par le transport.

A la fin de juin, un certain nombre de plantes de cette variété jaunissaient, pour succomber peu après. A l'époque de notre visite à ce champ (mi-juillet), une proportion importante était attaquée par cette maladie, qui présentait les symptômes de l'affection nouvelle, la *gangrène de la tige*. M. Prillieux, auquel des échantillons furent transmis, constata qu'il s'agissait, en effet, de cette maladie. Curieuse remarque, c'est dans les parcelles à sulfate de potasse seul, que les pieds attaqués étaient les plus nombreux.

Récolte. — La récolte des différentes variétés eut lieu successivement.

> Pour les 6 semaines en juillet.
> Jaunes longues en août.
> Richters fin septembre.

Voici le tableau des rendements à l'hectare :

	6 SEMAINES.		LONGUES JAUNES.		RICHTER'S IMPÉRATOR	
	N°ˢ	Poids	N°ˢ	Poids	N°ˢ	Poids
Sans engrais.............	1	11.860	9	12.371	5	14.630
Sulfate de potasse..........	2	12.485	10	13.428	6	15.143
Superphosphates et nitrate....	3	14.85	11	16.000	7	17.857
Superphosphates, nitrate, sulfate de potasse..........	4	14.570	12	15.880	8	17.770

Estimés au point de vue alimentaire, les 100 kil. de tubercules furent cotés comme suit :

> 6 semaines 7.50
> Longues jaunes 7.75
> Richter's Impérator.............. 5.50

Si l'on applique ces chiffres aux rendements, on obtient les produits bruts ci-dessous :

| | PRODUITS BRUTS. | | | | | |
| | 6 SEMAIÉES. | | LONGUES JAUNES. | | RICHTER'S IMPERATOR. | |
	Nos	Francs.	Nos	Francs.	Nos	Francs.
Sans engrais	1	889	9	959	5	804
Sulfate de potasse	2	936	10	1.040	6	893
Superphosphate et nitrate	3	1.114	11	1.240	7	982
Superphosphstes, nitrate, sulfate de potasse	4	1.092	12	1.230	8	977

Les parcelles 1, 9, 5, n'ont donné lieu à aucune dépense d'engrais; si l'on déduit des produits bruts des autres parcelles, la dépense en engrais, on aura les produits bruts réels, dont voici le tableau :

| | PRODUITS BRUTS RÉELS. | | | | | |
| | 6 SEMAINES. | | LONGUES JAUNES | | RICHTER'S IMPERATOR | |
	Nos	Francs.	Nos	Francs.	Nos	Francs.
Sans engrais	1	889	9	959	5	804
Sulfate de potasse	2	865	10	969	6	762
Superphosphates et nitrate	3	1.067	11	1.193	7	935
Superphosphates, nitrate, sulfate de potasse	4	1.018	12	1.156	8	903

D'après les tableaux ci-dessus, on voit que les Richters Imperator ont fourni le rendement le plus élevé, malgré les causes d'infériorité signalées plus haut.

Comme produit brut, cette variété obtient le dernier rang, par suite du bas prix auquel est cotée

Au point de vue des engrais, ce sont les superphosphates et nitrate qui donnent le plus de rendement.

Ce fait est très caractérisé. Comme produit brut réel (engrais déduit), c'est encore ce mélange qui tient la tête pour chaque variété. Il peut donc être considéré comme le plus avantageux.

Il est curieux de constater le peu d'effet produit par le sulfate de potasse.

Si l'on compare pour chaque variété le chiffre du produit brut réel de la parcelle sans engrais à celui du même produit de la parcelle au superphosphate et nitrate on obtient les bénéfices relatifs suivants :

6 semaines .... 1067 — 889 = 178 fr. par hectare.
Jaunes longues .... 1193 — 959 = 234 fr. —
Impérator................... 935 — 804 = 131 fr. —

Des échantillons moyens des tubercules de chaque parcelle ont été analysés par M. Dubernard, sauf pour les longues jaunes, où par suite d'une erreur, un seul échantillon a été soumis à l'analyse.

	6 SEMAINES		LONGUES JAUNES		IMPERATOR	
	matières sèches.	Fécule anhydre.	matières sèches.	Fécule anhydre.	matières sèches.	Fécule anhydre.
Sans engrais............	21.10	15.30	»	»	22.6	16.80
Sulfate de potasse.......	23.50	17.70	»	»	23	17.20
Superphosphates, nitrate.	26.00	20.00	21.6	15.8	23	17.20
Superphosphates, nitrate, sulfate de potasse	21.20	15.40	»	»	25	19.30

A part un échantillon de 6 semaines, qui contient 20 de fécule (ce qui semble assez curieux, étant donnée le peu de richesse des autres échantillons de cette variété) la moyenne des Imperator est beaucoup plus élevée.

Mais il est un fait intéressant, que nous allons trouver également dans les chiffres relatifs au champ de Condé, c'est que pour les 6 semaines et les Imperator, la richesse en fécule la plus faible correspond aux parcelles sans engrais. Nous nous contentons d'ailleurs de le signaler.

Champ de Condé (POMMES DE TERRE)
établi chez M. Estile.

Surface totale....................... 18 ares.
Contenance des parcelles.............. 4ª.50
Nombre de parcelles : 4.

La terre fournie par M. Estyle était située contre les glacis de la

place de Condé ; c'est un sol d'apport ancien, très calcaire, et contenant 1,36 de potasse et 2,10 d'acide phosphorique.

Ce champ portait en 1888, du trèfle incarnat, et des pommes de
terre; en 1889, du seïgle. Fumé avant l'hiver 1890 dans sa totalité.

Nous comptions y essayer les Imperator, à côté des pommes de
terre du pays, et pour les engrais on avait établi deux bandes :

L'une (1 et 2) était au fumier seul, et la seconde (3 et 4) fumier et
400 kil. de sulfate de potasse, soit un supplément de dépense de
95 francs à l'hectare.

Les deux bandes d'engrais s'entrecroisant avec celles de variétés,
formaient quatre rectangles égaux de 4 ares 50 chacun.

Végétation. — La levée fut régulière, sauf pour les Imperator, par
suite de la détérioration des tubercules pendant le transport. La
végétation fut assez régulière au début, mais une gelée fit beaucoup
de mal à cette variété, sans en faire à l'autre, qui était abritée par les
arbres des glacis. Les Imperator ne purent donc fournir encore
qu'un rendement inférieur à celui que l'on était en droit d'attendre.

La variété jaune ronde du pays donna :

> 8.300 kil. à l'hectare, avec fumier seul
> 5.550 kil. à l'hectare, avec fumier et sulfate de Potasse.

Les Imperator :

> 19.400 kil. à l'hectare, avec fumier seul.
> 18.300 kil. à l'hectare, avec fumier et sulfate de Potasse.

Ici, mieux qu'à Spycker, l'effet du sulfate de potasse semble
négatif; et cependant l'analyse de la terre ne donnait qu'une richesse
très moyenne en potasse.

Comme on le voit, les Imperator, malgré leurs accidents, donnent
une récolte beaucoup plus élevée.

L'analyse des échantillons moyens des quatre parcelles, donne les
résultats suivants:

		Matière sèche.	Fécule.	Azote total.
Variété du pays	fumier seul,..................	23.00	17.10	0.29
	fumier, sulfate de potasse ...	23.10	17.30	0.32
Imperator......	fumier seul..................	25.90	21.00	0.31
	fumier, sulfate de potasse...	26.80	22.17	0.37

La variété Imperator est donc plus riche en fécule et en azote ; ici, nous retrouvons encore la même particularité que nous signalions en parlant du champ de Spycker au sujet de la teneur inférieure en fécule et en azote des parcelles témoin. L'analogie n'est peut-être pas très complète, mais si nous rapprochons à Spycker la richesse en fécule des parcelles sans engrais de celles à sulfate de potasse seul, nous trouvons les mêmes différences.

ESSAIS SPÉCIAUX DE RICHTER'S IMPÉRATOR.

Nous avions fait installer, par 15 cultivateurs du département (2 dans chaque arrondissement et 3 dans celui de Lille), des essais préliminaires où la Richter's Imperator était simplement comparée à la variété du pays.

Il ne nous est possible de donner les résultats complets que de huit de ces essais, nos autres collaborateurs n'ayant pu nous fournir que des renseignements insuffisants.

M. A. DUPONT, à Thiant.

Le terrain était argilo-siliceux, en bon état de culture, sortant de carottes.

M. Dupont avait mis 1000 kil. à l'hectare d'engrais chimique et organique, dosant 10 % de potasse. Cet engrais avait été enfoui en février par un labour. Une façon à l'extirpateur et à la herse au moment de la plantation, complétait les façons mécaniques.

Les pommes de terre ont été plantées le 8 mai à 0.70 entre les lignes et 0.50 dans les lignes. Les Imperator ont été coupées, les Lesquin ont été plantées entières.

Un binage a été donné le 12 juin et un buttage le 25 du même mois.

L'arrachage eut lieu pour les Lesquin le 20 septembre, et le 9 octobre pour les Richter's Imperator.

Le produit à l'hectare a été de :

Lesquin .... 11 500 kil.
Richter's Imperator................... 26 000 kil.

Le poids moyen d'un tubercule était :

Pour la Lesquin de............................ 0 k. 070 gr.
Pour l'Imperator de............................ 0 k. 160 gr.

Les Richter's furent estimées 5 fr. 75 les 100 kil. et les Lesquin 7 fr., ce qui donne un produit à l'hectare de 1500 fr. pour les Richter's, et de 805 fr. pour les Lesquin.

Le nombre des Richter's Imperator atteintes par la maladie était insignifiant. La Lesquin, au contraire, présentait une très forte proportion de tubercules gâtés.

M. LEBECQUE, à Teteghem.

Terrain : argilo-siliceux léger, en bon état de culture.

Plante cultivée en 1889 : blé, avec fumure de 1200 kil. de tourteaux à l'hectare et 150 kil. de nitrate.

Fumure pour pommes de terre : 1000 kil. superphosphates.
150 kil. nitrate de soude.

Façons mécaniques : 2 labours légers suivis de hersages. un labour profond et, au mois de mars plusieurs hersages.

Plantation : 6 mai, pour les Imperator, et 10 avril pour les jaunes longues de Hollande. Les Impérator ont été coupées, les jaunes de Hollande ont été plantées entières.

	IMPERATOR.	JAUNES de Hollande.
Distance entre les lignes	0ᵐ.75	0.40
Distance dans les lignes	0.35	0.23

Façons mécaniques pendant la végétation : un binage à la houe à cheval, deux binages et un buttage à la main en juin-juillet.

Date de l'arrachage : 22 septembre pour la jaune de Hollande et 10 octobre pour l'Imperator.

Rendements à l'hectare : 15.759 kil. pour l'Imperator.
11.363 kil. pour la jaune de Hollande.

Valeur marchande : des Imperator 4 fr. les 100 kil.
des jaunes de Hollande 7 fr. 50 les 100 kil.

Résistance à la maladie : la Richter's Imperator est beaucoup plus résistante que la longue jaune de Hollande.

M. COQUELLE, à *Mastaing.*

Nature du sol. : argilo-siliceux en bon état.

Plante cultivée en 1889 : blé fumé au phosphate de Quiévy et nitrate de soude.

Fumure pour pommes de terre : fumier.

Plantation : fin avril pour les deux variétés.

L'Imperator a été coupée en deux ou trois morceaux, la Lesquin a été plantée entière.

Distance entre les lignes pour les deux variétés, 0ᵐ50.

Distance dans les lignes pour les deux variétés, 0ᵐ30.

Façons mécaniques pendant la végétation : deux binages et un buttage.

Date de l'arrachage : premiers jours d'octobre.

Rendements à l'hectare : Imperator, 13.000 kil.
Lesquin, 8.000 kil.

Valeur marchande des deux variétés : Imperator, 5 fr. 50 les 100 kil.

Lesquin, 7 fr. 50 les 100 kil.

Produit brut en argent : Imperator, 715 fr. à l'hectare.

Lesquin, 500 fr. à l'hectare.

Résistance à la maladie : l'Imperator résiste beaucoup mieux que la Lesquin.

Analyse des produits.	Matière sèche.	Fécule anhydro.
Impérator....................	21.50	15.50

M. TRIBOU, à Hem-Lenglet.

Nature du sol. — Marneux en bon état.

Plante cultivée en 1889. — Escourgeon avec fumier et tourteaux.

Fumure pour pommes de terre. — Superphosphates et nitrate de soude.

Plantation. — 30 avril pour les deux variétés.

L'Imperator a été coupée.

Distance entre les lignes : $0^m,70$ sur $0^m,60$.

Façons mécaniques pendant la végétation. — 2 binages à la houe à cheval ; 2 binages à la main et un buttage.

Date de l'arrachage. — 28 octobre.

Rendements à l'hectare : Imperator . . . 16,750 k.

Champion . . . 14.000 k.

Valeur marchande des deux variétés : Imperator 8 fr. les 100 k. (?)

Champion 8 fr. les 100 k.

Résistance à la maladie. — La Richter's Imperator résiste beaucoup mieux que les autres variétés.

M. DEHARVENG, à Douzies.

Nature du sol. — Argileux en bon état.

Plante cultivée en 1889. — Blé fumé au fumier.

Fumure pour pommes de terre. — Fumier.

Façons mécaniques. — Extirpage après la récolte de 1889. — Enfouissement du fumier par un labour.

Plantation. — Fin avril pour les 2 variétés. — Elles ont toutes deux été plantées entières.

Distance entre les lignes : 0^m,50.

Distance dans les lignes : 0^m,25.

Façons mécaniques pendant la végétation. — Roulage après plantation. — Binage et buttage.

Date de l'arrachage. — Fin septembre.

Rendements à l'hectare : Richter's Impérator 14.500 k.
Ronde rouge du pays 11.200 k.

Poids moyen des tubercules : Impérator   0 k. 325 g.
Ronde rouge 0 k. 160 g.

Valeur marchande des produits : Imperator   6 fr. les 100 k.
Ronde rouge 7 fr. 50 id.

Produit brut en argent à l'hectare : Imperator   870 fr.
Ronde rouge 840 fr.

Analyse des produits :

Richter's Imperator { matière sèche . .   29.80
{ fécule anhydre. . . 23.70

Résistance à la maladie. — La Richter's Imperator est plus résistante.

M. BONDUEL, à Sainghin-en-Mélantois.

Nature du sol. — Terre franche en bon état.

Plante cultivée en 1889. — Avoine sans engrais.

Fumure pour pommes de terre. — Fumier, tourteaux chanvre de et sulfate de potasse.

Façons mécaniques. — Plusieurs labours superficiels, un fort labour en février avec fouillage.

Plantation. — Les deux variétés ont été plantées le 15 avril.

Les tubercules ont été coupés pour les deux variétés.

Distance entre les lignes : 0^m,70.

Distances dans les lignes : 0^m,50.

Façons mécaniques pendant la végétation. — Deux binages à la houe à cheval et deux buttages.

Date de l'arrachage. — 10 octobre.

Rendements à l'hectare : Richter's Imperator 25.710 k.

        Sainghin   29.280 k.

Valeur marchande : Richter's Imperator 4 fr. 50 les 100 k.

      Sainghin   5 fr. id.

Produit brut en argent à l'hectare : Richters Imperator 1.156 fr.

          Sainghin   1.464 fr.

Résistance à la maladie. — La Richter's Imperator résiste beaucoup mieux que la Sainghin. La proportion de tubercules avariés n'était que de 5 à 8 % pour l'Imperator, tandis qu'elle était de 15 à 20 % chez la Sainghin.

M. STEVENOOT, à Armbouts-Coppel.

Nature du sol. — Argileux, noir en bon état.

Plante cultivée en 1889. — Blé fumé au fumier, superphosphates et nitrate.

Fumure pour pommes de terre. — Superphosphates et sulfate d'ammoniaque.

Façons mécaniques. — Au déchaumage, deux demi-labours, plusieurs hersages, et un labour profond en janvier.

Plantation : 13 avril pour la Van der Veer.

      6 mai pour l'Imperator.

L'Imperator a été coupée en 6 et 8 morceaux et la Van der Veer en deux morceaux.

Distance entre les lignes : 0^m,45.

Distance dans les lignes : 0^m,45.

Façons mécaniques pendant la végétation. — Quatre binages à la houe à cheval, un binage à la main et un buttage,

Date de l'arrachage. — 13 octobre pour les deux variétés.

Rendements à l'hectare : Richter's Imperator 20.325 k.

Van der Veer   26.400 k.

Poids moyen des tubercules : Imperator   215 grammes.

Van der Veer 190   id.

Valeur marchande des deux variétés : 6 fr. 50 les 100 k.

Analyse des produits :

	Matières sèches.	Fécule anhydre.
Imperator.....	23.50	17.70
Van der Veer.....:.........:	21.00	15.30

Résistance à la maladie. — La Richter's Imperator résiste fort bien à la maladie.

M. CORTYL, à Bailleul.

Nature du sol. — Argileux en très bon état.

Plante cultivée en 1889. — Blé fumé au fumier.

Fumure pour pommes de terre. — Chaux et vidanges.

Plantation. — 20 avril.

Les tubercules d'Impérator ont été coupés.

Distance entre les lignes 0^m,67.

Distance dans les lignes 0^m,50.

Façons mécaniques pendant la végétation. — Deux binages à la houe et un buttage.

Date de l'arrachage. — 7 octobre.

Rendements à l'hectare. — Imperator 18,500 k.

Bôles 21,400.

Valeur marchande des produits. — Impérator 4 fr. les 100 k.

Bôles 6 fr.

Produit brut en argent à l'hectare. — Imperator 740 fr.

Boles 1,284 fr.

Résistance à la maladie. — L'Imperator semble parfaitement résister.

CONCLUSIONS GÉNÉRALES SUR LES ESSAIS DE POMMES DE TERRE.

Dans la discussion des résultats de chaque champ, nous avons fait ressortir les particularités de chacun, nous n'y reviendrons donc pas. Comme conclusions générales, nous ne pouvons citer que les suivantes, qui semblent se dégager de l'ensemble de tous nos essais sur pomme de terre :

Malgré les conditions défectueuses dans lesquelles la variété Richters Imperator a été expérimentée, et qui ont été citées plus haut, (plants trop volumineux, fatigue du voyage en sacs, gelée et gangrène de la tige dans certains cas, nombreux manques, plantation trop tardive, et sectionnement des tubercules) elle n'en reste pas moins celle qui donne le rendement le plus élevé dans sept champs sur onze.

2° Sa richesse en fécule a toujours été supérieure à celle des autres variétés.

3° Dans les onze champs on a constaté que sa résistance à la maladie (peronospora infestans) est beaucoup plus grande que celle des variétés mises en comparaison.

BETTERAVES.

Depuis que la loi de 1884 sur les sucres a bouleversé le système ancien de production de la betterave, nos cultivateurs ont rapidement appris les procédés nouveaux, ils entendent parfaitement aujourd'hui la culture de la betterave, et un grand nombre d'entre eux sont en possession de la variété qui convient le mieux à leur sol. Mais beaucoup d'entre eux se demandent avec raison, et cela, surtout depuis les modifications probables à la loi, s'il est préférable de viser à la production d'une betterave très riche donnant peu de poids, ou se contenter d'une racine de richesse moyenne donnant plus de poids, qui dans les bonnes années sont livrées à la sucrerie, et dans les mauvaises à la distillerie.

Le champ de Salesches était principalement destiné à étudier cette question pour les conditions où opère Monsieur Denis Drecq, mais pour des conditions locales données, ce n'est guère une question à résoudre en une année, et ce n'est certes pas la désastreuse campagne de 1890 qui peut nous fournir des données bien certaines. Nous publions néanmoins les chiffres obtenus, dans le but d'indiquer aux cultivateurs la méthode d'expérimentation à employer. Nos chiffres, il faut le répéter, n'ont qu'un caractère comparatif, et ils sont d'autant moins à prendre à la lettre, qu'ils proviennent d'une année absolument désastreuse pour la betterave. Ces essais seront d'ailleurs continués ; le champ de Salesches est en 1891 emblavé en blé, et en 1892 il portera de nouveau de la betterave. Nous nous efforcerons d'installer les essais dans les mêmes conditions qu'en 1890, afin de rendre les chiffres comparables.

Champ de Salesches
Établi chez M. Denis-Drecq.

Contenance totale............ 75ᵃ 84
Contenance des parcelles...... 9ᵃ 48
Nombre des parcelles......... 8

Nature du sol. — Argilo siliceux et donnant à l'analyse :

Azote......................... 1,40
Acide phosphorique............ 1,50
Potasse....................... 2,00
Chaux......................... 8,00

Dernière récolte. — Blé après trèfle.

Nature des essais : 1° Comparaison de quatre variétés de betteraves de la maison Desprez de Capelle :

Marque 1. — Blanche courte et hâtive (parcelles 5 et 6).

Marque 1 bis. — Blanche longue et tardive (parcelles 7 et 8).
Marque 3. — Blanche 1/2 longue 1/2 hâtive (parcelles 1 et 2).
Marque 3 bis. — Blanche longue tardive (parcelles 3 et 4).

La betterave de marque 1 et 1 bis furent semées en lignes distantes de 40 centimètres, et laissées très rapprochées. Celles de marque 3 et 3 bis en lignes distantes de 45 centimètres et placées moins rapprochées.

2° Le champ fut divisé en deux bandes à engrais différents, l'une témoin au fumier et nitrate, l'autre d'essai. Mais les 2 marques riches reçurent une fumure plus phosphatée et moins azotée que les deux autres, comme on peut le voir dans le tableau suivant :

N⁰ˢ des parcelles.	FUMURES.	TITRE des engrais.	PRIX commerciaux aux 100 k.	DOSE d'engrais à l'hectare.	DÉPENSE en engrais de commerce à l'hectare.
1-3-5-7	Fumier	»	»	»	45 fr.
	Marne.........................	»	»	»	
	Nitrate de soude..............	15.5	18 fr.	250 k.	
6 et 8	Fumier et marne.	»	»	»	164.30
	Superphosphates	12/14	6.63	1000	
	Chlorure de potassium.........	90 %	22	200	
	Nitrate de soude..............	15.5 Ar.	18	300	
2 et 4	Fumier et marne..............	»	»	»	169.04
	Superphosphates	12/14	6.63	800	
	Chlorure de potassium.........	90 %	22	200	
	Nitrate de soude...............	15.5 Ar.	18	400	

Epandage des engrais. — Les superphosphates et le chlorure furent épandus avant le labour de semailles. Le nitrate, dans les parcelles 6 et 8, 2 et 4, fut semé en couverture, moitié à la levée, moitié au démariage. Dans les parcelles témoin 1, 3, 5, 7 le nitrate fut semé en une fois à la levée.

Levée et végétation. — La levée fut assez régulière, et la végétation ne laissa point à désirer pour l'année. La précocité et la tardivité des variétés se marqua néanmoins, mais on constatait très facilement en outre, que pour chaque variété, les parcelles d'essai avaient une maturation bien plus précoce que dans les parcelles témoin au fumier et nitrate.

Prise d'échantillon. — Peu avant la récolte, on prit dans chaque parcelle, un échantillon pour le soumettre à l'analyse. On choisit dans chaque carré une ligne bien moyenne, et l'on arracha toutes les racines sans exception, contenues dans une ligne de 5 mètres de longueur. Ces échantillons furent adressés à la station agronomique, où M. Dubernard en fit l'analyse. Cette opération donna les résultats suivants :

FUMURES.	MARQUE 1.			MARQUE 1 bis.			MARQUE 3.			MARQUE 3 bis.		
	Nᵒˢ des parcelles.	Densité.	Sucre du jus.	Pureté.	Nᵒˢ des parcelles.	Densité.	Sucre du jus.	Pureté.	Nᵒˢ des parcelles.	Densité.	Sucre du jus.	Pureté.	Nᵒˢ des parcelles.	Densité.	Sucre du jus.	Pureté.
Fumier, marne et nitrate.....	5	7	15	86	7	7.2	15	86	1	7.2	15.1	86	3	6	12.5	84
Fumier, marne, superphosphates, nitrate et chlorure..........	6	7	14.9	87	8	6.9	14.5	87.7	2	7.	15	88	4	6.4	13.4	84

Les rendements en poids furent constatés par la Commission de pesée, composée de MM. Telle Joseph, de Poix ; A. Macarez, de Beaudignies ; Pluchart Constant, de Neuville ; J. Denis, de Salesches ; A. Lasne, de Salesches.

FUMURES.	MARQUE Nº 1		MARQUE Nº 1 BIS		MARQUE Nº 3		MARQUE Nº 3 BIS	
	Nºs des parcelles.	Rendements à l'hectare.	Nºs des parcelles.	Rendements à l'hectare.	Nºs des parcelles.	Rendements à l'hectare.	Nºs des parcelles.	Rendements à l'hectare.
Fumure témoin...	1	42.400	7	38.700	1	42.400	3	53.300
Fumure d'essai...	6	47.300	8	39.300	2	45.300	4	58.000

Les betteraves furent vendues à raison de 27 fr. les 1000 k. à l'hectare, avec diminution de 0 fr. 80 par dixième en dessous de 7°, et augmentation de 0 fr. 80 par dixième au-dessus.

En appliquant les prix ainsi formés aux rendements, on obtient les produits bruts à l'hectare. Dans la quatrième colonne de chaque variété, nous avons inscrit *les produits bruts réels*, c'est-à-dire les produits bruts de la colonne précédente, diminués de la différence de dépense de la fumure témoin et de la fumure d'essai.

FUMURES.	MARQUE Nº 1				MARQUE Nº 1 BIS				MARQUE Nº 3				MARQUE Nº 3 BIS			
	Nºs des parcelles	Prix des 1,000 k.	Produit brut	Produit brut réel.	Nºs des parcelles	Prix des 1,000 k.	Produit brut	Produit brut réel.	Nºs des parcelles	Prix des 1,000 k.	Produit brut	Produit brut réel.	Nºs des parcelles	Prix des 1,000 k.	Produit brut	Produit brut réel.
		fr. c.				fr. c.				fr. c.				fr. c.		
Fumure témoin...	5	27 »	1145	1145	7	28 60	1107	1107	1	28 60	1213	1213	3	19 »	1013	1013
Fumure d'essai...	6	27 »	1277	1158	8	26 20	1030	911	2	27 »	1223	1099	4	22 20	1288	1164

Nous pensons qu'il est inutile, pour le moment du moins, de fouiller nos chiffres pour chercher à tirer des conclusions qui n'auraient rien d'absolument motivé, lorsque l'on se trouve en présence d'une année anormale. En 1892, avons-nous dit, des essais semblables seront installés sur le même emplacement ; nous espérons que les résultats, plus normaux que ceux de 1890 pourront être commentés sérieusement, et comparés à ceux que nous venons de donner.

BLÉ.

Champ de Macou-Condé.

établi chez M. A. Defernez.

Contenance totale. 23ᵃ 12
Contenance des parcelles. 2ᵃ 89
Nombre des parcelles : 8

Nature du sol. — Le champ de Macou était situé dans la partie siliceuse de la plaine de Condé. Le sol y est sablonneux ; le sous-sol est beaucoup plus argileux. Voici leur composition :

	Sol.	Sous-sol.
Azote totale.	1,30	0,90
Acide phosphorique	0,80	0,70
Potasse	0,80	0,90
Chaux	3,50	5,00

Ce terrain est pauvre en chaque élément. D'après l'analyse, un engrais complet était nécessaire ; nous verrons plus loin, que si les éléments minéraux sont avantageux, l'azote principalement donne les meilleurs résultats.

Plante précédente. — Trèfle.

Nature des essais :

a) Variétés essayées : Blé blanc de Flandre (2, 4, 6, 8).

Blé Victoria blanc (1, 3, 5, 7).

b) Quatre bandes d'engrais dont le détail suit :

Numéros des parcelles.	FUMURES.	TITRES des engrais.	PRIX commerciaux des engrais.	DOSES à l'hectare.	DÉPENSE en engrais de commerce à l'hectare.
1 et 2	Sans engrais.	—	—	—	0 fr. »
3 et 4	Purin mélangé de . . . . Sulfate d'ammoniaque	20 Az.	0f. 32 l'hl. 31,50	120 hl. 120 k.	} 76 83
5 et 6	Sulfate d'ammoniaque . . . . Chlorure de potassium.	20 Az. 90 %	31,50 22,50	120 100	} 60 93
7 et 8	Sulfate d'ammoniaque . . . . Chlorure de potassium . . . . . . Superphosphates.	20 Az. 90 % 12,14	31,50 22,50 5,85	120 100 500	} 90 18

6

On remarquera que comme engrais azoté, nous avons fait usage du sulfate d'ammoniaque malgré son prix élevé, car nous avions lieu de craindre le filtrage du nitrate de soude dans un sol aussi sablonneux.

Épandage des engrais. — Le 20 octobre 1889, le chlorure de potassium et les superphosphates furent semés. Un coup d'extirpateur enfouit ces engrais.

Le sulfate d'ammoniaque fut semé en couverture en deux fois : la 1re moitié à la levée, la seconde fin février.

Semailles. — 25 octobre.

Levée et végétation. — La levée eut lieu dans d'assez bonnes conditions, à la mi-novembre. Elle fut régulière.

Les 2 variétés supportèrent bien l'hiver, et la végétation fut normale. En juillet, plusieurs parcelles s'inclinèrent, principalement les parcelles 3 et 4.

Récolte. — La récolte eut lieu dans de bonnes conditions. Les pesées, faites en présence de la Commission composée de MM. Lefèvre, Henri, de Macou ; P. Choquet-Rousseau, de Vieux-Condé ; Rousseau, Alexis, de Macou ; J. Viseur, de Condé, donna les résultats suivants :

État des rendements en grain et en paille.

ENGRAIS EMPLOYÉS (À L'HECTARE).	Nos des parcelles.	VICTORIA BLANC.		Nos des parcelles.	BLÉ BLANC de Flandre.		MOYENNES des 2 variétés.	
		Grain.	Paille.		Grain.	Paille.	Grain.	Paille.
		kil.	kil.		kil.	kil.	kil.	kil.
Sans engrais..........	1	1.730	4.750	2	1.730	4.200	1.730	4.475
Purin et sulfate d'ammoniaque..........	3	2.500	6.100	4	2.400	5.650	2.450	5.875
Sulfate d'ammoniaque et chlorure de potassium	5	1.850	6.850	6	2.400	6.600	2.125	6.725
Superphosphates, chlorure de potassium et sulfate d'ammoniaque.	7	1.900	6.200	8	2.450	5.550	2.150	5.850
Moyennes par variété.		2.000	6.000		2.250	5.500		

Comme rendement, c'est le blé de Flandre qui arrive en tête; on remarquera la proportion énorme de paille et de balles que l'on peut constater dans toutes les parcelles, comparativement à la quantité de grain.

Si l'on rapproche les rendements fournis par les différentes bandes d'engrais, on voit que : 1° la bande sans engrais est de beaucoup inférieure aux autres;

2° Que la fumure qui donne les meilleurs résultats est celle au purin et sulfate d'ammoniaque (celle dont fait habituellement usage M. Defernez);

3° Les deux autres donnent beaucoup moins. Les engrais minéraux n'ont donc produit que peu d'effet, ce qui semble assez curieux, dans une terre relativement pauvre.

Estimation des produits. — Les produits ont été estimés par la Commission, aux prix suivants :

Valeur marchande des produits.

VARIÉTÉS CULTIVÉES	VALEUR estimative des 100 k^{os} de grain.	VALEUR estimative des 1000 k^{os} de paille.
Victoria blanc............	23 75	42 »
Blé blanc.................	24 50	44 »

Si l'on applique ces chiffres à ceux donnés dans le tableau des rendements, on obtient les produits en argent à l'hectare, pour chaque parcelle.

Nous appelons produit brut réel, le produit brut total diminué de la valeur de l'engrais de commerce dans chaque parcelle. Les produits bruts du témoin sont absolument comparables aux autres, modifiés de cette façon.

État des produits bruts à l'hectare.

ENGRAIS EMPLOYÉS (à l'hectare).	N°s des Parcelles	VICTORIA BLANC. Produit brut en argent à l'hectare		Produit brut total	Produit brut réel	N°s des Parcelles	BLÉ BLANC DE FLANDRE. Produit brut en argent à l'hectare		Produit brut total	Produit brut réel	MOYENNES PAR FUMURE. Produit brut en argent à l'hectare		Produit brut total	Produit brut réel
		Grain	Paille				Grain	Paille			Grain	Paille		
		f. c.	f. c.	f. c.	f. c.		f. c.	f. c.	f. c.	f. c.	f. c.	f. c.	f. c.	f. c.
Sans engrais..........	1	411 »	195.5	610.5	610.5	2	424 »	185 »	609 »	609 »	418 »	191.5	609.5	609.5
Purin et sulfate d'ammoniaque..........	3	594 »	256 »	850 »	773 »	4	588 »	249 »	837 »	760 »	592 »	253 »	845 »	766 »
Sulfate d'ammoniaque et chlorure de potassium ...	5	419 »	288 »	707 »	646 »	6	588 »	312 »	900 »	839 »	513 »	289 »	802 »	742 »
Superphosphates, sulfate d'ammoniaque et chlorure de potassium..........	7	451 »	260 »	711 »	621 »	8	600 »	242 »	842 »	752 »	519 »	251 »	770.5	686 »
Produits bruts moyens par variété..........		475 »	252 »	727 »			551 »	242 »	793 »					

De l'examen des chiffres qui précèdent, il résulterait :

1° Que le blé de Flandre reste le plus avantageux ;

2° Que le produit brut réel du témoin sans engrais est le moins élevé dans toutes les parcelles ;

3° Que la fumure la plus avantageuse serait le mélange de purin et sulfate d'ammoniaque qui donne un bénéfice relatif de 773 francs — 610 = 163 fr. à l'hectare sur la parcelle sans engrais avec le Victoria blanc, et de 760 — 609 = 151 fr. avec le blé blanc. Le bénéfice relatif moyen est donc de 766 — 609 = 157 fr.

Champ de Seclin

Établi chez M. J. Laden.

Contenance totale................. 1ʰ.57ᵉ 15
Contenance en parcelles de....... 18 ares à 19ᵃ 75
Nombre en parcelles : 6

Nature du sol. — Le terrain du champ de Seclin fait partie de l'excellente plaine de limon argilo-siliceux qui s'étend sur la plus grande partie du territoire de cette localité. La culture très intensive que M. J. Laden pratique depuis quelques années, a amené cette terre à un certain degré de fertilité, comme on pourra d'ailleurs s'en convaincre par les rendements obtenus.

L'analyse nous montre qu'elle contient les éléments utiles en bonne proportion :

Azote	1,70
Acide phosphorique	1,80
Potasse	1,50
Chaux	10,00

Dernière récolte. — Betteraves à sucre.

Nature des essais :

a) Variétés essayées : blé roux à épi carré (parcelles 1 et 6).
blé Stand'up (parcelles 2 et 5).
blé Kissengland (parcelles 3 et 4).

b) Deux bandes d'engrais disposées comme suit :

Nos des parcelles	FUMURES.	Titre des engrais.	Prix des engrais.	Doses à l'hect.	Dépense à l'hect.
			fr. c.	kil.	fr. c.
1.2.3	Sulfate d'ammoniaque	20/21	32	110	35.20
	Phosphates de Quiévy	13 %	4.50	800	
4.5.6	Nitrate de soude	15.5 A¹.	20.50	150	111.75
	Chlorure de Potassium	90 %	22.50	200	

Épandage des engrais. — Les phosphates et le chlorure de potassium ont été épandus le 14 novembre et enfouis par le labour de semailles. Le nitrate a été semé en couverture en deux fois : moitié à la levée et moitié fin février.

Semailles. — Les semailles des trois variétés ont eu lieu le 18 novembre. La levée s'est faite doucement ; elle était complète au commencement de janvier.

Végétation. — Les différentes variétés ont bien supporté l'hiver. La végétation a été très régulière. La maturation a néanmoins été entravée à la suite des orages de juillet. Le Stand'up a eu une excellente maturation.

Récolte. — La récolte s'est faite normalement. La Commission de pesée composée de MM. Houzé, de Seclin; Pontfort, de Seclin; Barras, de Seclin; Lepoivre, de Seclin, a constaté les rendements suivants :

État des rendements à l'hectare.

		Sulfate d'ammoniaque	Phosphates nitrate de soude. Chlorure de Potassium.	Moyennes par variété.
Epi carré roux..	Numéros des parcelles...	1	6	
	Grain................	3556	3746	3650
	Paille................	6445	7443	6944
Stand'up........	Numéros des parcelles...	2	5	
	Grain	3163	3180	3171
	Paille	6298	7385	6841
Kissenglaud	Numéros des parcelles...	3	4	
	Grain................	3494	3660	3577
	Paille......./........	7312	7719	7515
Moyennes par fumure	Grain................	3400	3530	
	Paille	6685	7516	

Les rendements, comme on le voit, en parcourant le tableau ci-dessus sont, à peu de choses près, identiques pour le Kissengland et l'épi carré roux. Il faut dire que la différence entre l'épi carré et la variété appelée Kissengland à épi carré par M. Laden, n'est pas grande. Le Stand'up seul à un rendement beaucoup plus faible.

Sous le rapport des engrais, la différence entre les bandes n'est pas plus marquée. La bande au phosphate, nitrate de soude et chlorure de potassium, a un léger excédent à son actif, mais nous allons voir qu'il va disparaître quand nous connaîtrons son produit brut réel.

Voici les poids de l'hectolitre de grain pour les différentes parcelles.

Epi carré roux { Sulfate d'ammoniaque ...... (parcelle 1) 75 kil. 500
Engrais composé........ ... (parcelle 6) 76 kil. 500

Stand'up { Sulfate d'ammaniaque ...... (parcelle 2) 76 kil.
{ Engrais composé .... (parcelle 5) 77 kil.

Kissengland { Sulfate d'ammoniaque .... (parcelle 3) 77 kil. 5
{ Engrais composé .... (parcelle 4) 78 kil. 5

Les produits ont été estimés comme suit :

		GRAIN les 100 kil.	PAILLE les 100 kil.
Epi carré roux	parcelle 1	26 50	53 30
	parcelle 6	26 50	53 30
Stand'up	parcelle 2	27 20	56 00
	parcelle 5	27 50	56 00
Kissengland	parcelle 3	26 25	53 30
	parcelle 4	26 50	53 30

Comme grain et comme paille, le Stand'up a donc été estimé à des prix plus élevés. Sa maturation, avons-nous dit, avait été meilleure, mais cette différence provient principalement de son grain blanc, plus estimé encore, malgré le nivellement qui tend à se faire, que les blés roux.

Quant aux différences de prix qui existent pour chaque variété, entre les produits des deux bandes d'engrais, elles sont tellement insignifiantes qu'il est inutile de s'y arrêter.

Si l'on applique les chiffres ci-dessus aux rendements à l'hectare, nous obtenons les produits bruts.

Le tableau qui va suivre, donne ces produits bruts en grain, en paille, et le produit brut total. *Le produit brut réel* a été obtenu en retranchant pour chaque parcelle la dépense en engrais à l'hectare.

État des produits bruts à l'hectare.

VARIÉTÉS.		Sulfate d'ammoniaque	Phosphates nitrate de soude Chlorure de Potassium.	Produits bruts moyens par variété.
Épi carré roux.	Numéros des parcelles..	1	6	
	Produit brut en argent { graine..	942fr. »	993 fr »	967 »
	à l'hectare........ { paille...	343 50	397 »	370 »
	Produit brut total	1285 50	1390 »	1337 »
	Produit brut réel.	1250 30	1278 »	» »
Stand'up..	Numéros des parcelles..........	2	5	
	Produit brut en argent { graine..	858 »	874 »	867 »
	à l'hectare........ { paille...	353 »	413 50	383 »
	Produit brut total	1211 »	1287 50	1250 »
	Produit brut réel.	1176 »	1176 »	» »
Kissengland.	Numéros des parcelles..........	3	4	
	Produit brut en argent { graine..	917 »	970 »	950 »
	à l'hectare........ { paille...	390 »	412 »	400 »
	Produit brut total	1307 »	1382 »	1350 »
	Produit brut réel.	1272 »	1270 »	» »
Moyenne par fumure.	Produit brut en argent { graine..	908 »	946 »	» »
	à l'hectare........ { paille...	362 »	407 »	» »
	Produit brut total	1270 »	1253 »	» »
	Produit brut réel.	» »	» »	» »

D'après le tableau précédent, l'épi carré et le Kissengland peuvent être placés au même rang. Le Kissengland passe même en première ligne, par suite de son plus fort rendement en paille. Le
Stand'up, malgré son excellente maturation, et les prix élevés de
ses produits, n'arrive qu'en dernière ligne.

La fumure au sulfate d'ammoniaque seul, revient en tête, par
suite de son faible prix de revient; mais les différences sont si peu
considérables, qu'il est préférable de ne point tirer de conclusions
sur ce point.

Il est utile de faire remarquer que les produits bruts du champ de
Seclin sont très élevés pour plusieurs raisons. D'abord, par suite du
haut degré de fertilité de la terre, et ensuite parce que nous évaluons
la paille et que cette paille est cotée à des prix très élevés.

Ces produits bruts que nous appelons par convention, réels, n'ont,
nous tenons à le répéter qu'une valeur fictive, leur seul intérêt réside

dans leur caractère comparatif, et chacun sait que la culture du blé serait plus florissante qu'elle ne l'est, si l'on pouvait compter sur un produit de onze ou douze cents francs par hectare.

Champ de Douzies-les-Feignies.

établi chez M. G. Deharveng.

Surface totale.................... 1ʰ.40
Contenance des parcelles............ » 11ᵃ.02 à 12ᵃ.94.
Nombre de parcelles : 8.

Nature du sol. — Le sol est argileux, légèrement rougeâtre, en assez bon état de culture. L'analyse chimique donnait par kilog.

Azote......................... 1.30
Acide phosphorique............ 1 60
Potasse....................... 2.00
Chaux......................... 8.00

Plante précédente. — Betteraves à sucre (35.000 k. à l'hectare).

Nature des essais. — *a)* Essai de trois variétés de blé, comparées au blé blanc de Flandre.

Le blé roux à épi carré.
Le blé Dattel.
Le blé Challenge.
Le blé blanc de Flandre.

b) A la culture témoin (parcelles 1, 2 3, 4), qui ne recevait pas d'engrais, on comparait la combinaison suivante :

Parcelles 5, 6, 7, 8 : Superphosphates... 300 k. à l'hect.
Phosphates de Quiévy.. 400 k. id.
Nitrate de soude..... 150 k. id.
Chlorure de potassium. . 150 k. id.

Ce qui représente une dépense à l'hectare de 100 fr.

Épandage des engrais et semailles. — Les superphosphates, les phosphates, et la moitié du chlorure de potassium, furent épandus avant le labour et les feuilles de betteraves régulièrement réparties sur le terrain. Le labour de semailles enfouit le tout ; il fut donné le 14 novembre.

Les quatre variétés furent ensemencées en lignes, le 18 novembre, dans d'excellentes conditions.

La seconde moitié du chlorure, et la première moitié du nitrate furent semées en couverture, à la levée.

Celle-ci fut également bonne, sauf pour le Dattel qui leva clair, et plus tardivement que les autres variétés. L'épi carré, par suite du mauvais fonctionnement du semoir, fut semé trop clair, et cette circonstance, comme on le verra, a beaucoup nui à son rendement. La seconde moitié du nitrate fut semé en couverture fin février.

Végétation. — Les quatre variétés supportèrent assez bien l'hiver; le blé Dattel, regagna l'avance qu'il avait perdue, et, sans être aussi fort en paille que le Challenge, présageait une bonne récolte. L'épi carré avait, comme toujours, moins de paille que les autres, et le blé de Flandre promettait moins.

Dès le commencement de la végétation au printemps, l'effet produit par les engrais se dessinait, pour continuer à se manifester de plus en plus jusqu'à l'épiage. A cette époque, les quatre parcelles témoin paraissaient inférieures de près d'un quart aux quatre autres.

Il n'y eut que peu de verse, chez le Challenge et beaucoup chez le blé blanc; la maturation de cette dernière variété fut mauvaise, et fit subir une forte dépréciation dans la valeur des produits.

Récolte. — La récolte se fit dans de bonnes conditions.

La pesée des produits donna les résultats suivants :

État des rendements à l'hectare.

		Sans engrais.	Super-phosphates nitrate chlorure de potassium.	Moyennes par variétés.
Épi carré roux	Numéros des parcelles.	**1**	**5**	
	Grain.	1580	2100	1840
	Paille.	2930	4010	3470
Dattel.	Numéros des parcelles.	**2**	**6**	
	Grain.	1910	2330	2120
	Paille.	2800	3440	3120
Challenge.	Numéros des parcelles.	**3**	**7**	
	Grain.	1840	2030	1935
	Paille.	3100	3430	3265
Blé blanc de Flandre.	Numéros des parcelles.	**4**	**8**	
	Grain.	1500	1800	1650
	Paille.	2920	3170	3045
Moyennes des 4 variétés par fumures.	Grain.	1708	2065	
	Paille.	2938	3512	

On peut remarquer en examinant les chiffres du tableau précédent :

1° Que le blé blanc de Flandre a donné les rendements les moins élevés ;

2° Que le Dattel donne les produits les plus élevés ;

3° L'épi carré aurait donné beaucoup plus, s'il n'avait pas été semé aussi clair ;

4° L'engrais d'essai (5, 6, 7, 8), fournit partout des excédents de grain et de paille ; nous verrons plus loin s'ils sont avantageux.

Les poids de l'hectolitre de grain furent les suivants pour les différentes parcelles :

	CULTURE témoin.	CULTURE d'essai.
Épi carré roux.........................	75 k.	76 k.
Dattel	79 »	80 »
Challenge.............................	78 »	79 »
Blé blanc de Flandre.................	76 »	77 »

Les produits paille et grains furent évalués comme suit :

	CULTURE témoin.		CULTURE d'essai.	
	Grain les 100 k.	Paille les 1000 k.	Grain les 100 k.	Paille les 1000 k.
	fr.	fr.	fr.	fr.
Épi carré roux.........................	23	28	23 50	28
Dattel.................................	25	39	25 50	30
Challenge..............................	24	30	24 50	30
Blé blanc de Flandre..................	23	30	23	30

En appliquant les chiffres du tableau ci-dessus, à celui de l'état des rendements on obtient les produits bruts à l'hectare.

Dans les parcelles à essai d'engrais, nous avons diminué les produits bruts totaux, de 100 fr., valeur des engrais qui ont été appliqués ; c'est ce que nous appelons produit brut réel.

État des produits bruts à l'hectare.

			Sans engrais.	Superphosphates phosphates nitrate de soude chlorure de potassium.
Épi carré.	N°⁵ des parcelles		1	5
	Produit brut en argent à l'hectare	Grain	363 fr. »	493 fr. 50
		Paille	82 »	112 »
	Produit brut total		464 »	605 50
	Produit brut réel		464 »	505 50
Dattel.	N°⁵ des parcelles		2	6
	Produit brut en argent à l'hectare	Grain	477 fr. 50	594 fr. »
		Paille	84 »	103 50
	Produit brut total		559 »	658 50
	Produit brut réel		559 »	558 50
Challenge	N°⁵ des parcelles		3	7
	Produit brut en argent à l'hectare	Grain	441 fr. »	487 fr. »
		Paille	93 »	102 90
	Produit brut total		525 »	665 50
	Produit brut réel		525 »	565 50
Blé blanc de Flandre.	N°⁵ des parcelles		4	8
	Produit brut en argent à l'hectare	Grain	345 fr. »	414 fr. »
		Paille	87 60	95
	Produit brut total		433 50	510 »
	Produit brut réel		433 50	410 »

Il ressort de l'examen des chiffres du tableau précédent, que le produit brut réel le plus élevé, est donné par le Challenge (565 fr.), suivi de près par le Dattel (558 fr. 50). Le blé blanc de Flandre vient en dernière ligne.

Chez toutes les variétés, la dépense occasionnée par la fumure d'essai, est compensée plus ou moins largement par les augmentations de produits, sauf chez le Dattel où l'engrais d'essai est en perte de 0 fr. 50 par hectare.

Cette fumure complémentaire, peut donc être considérée comme avantageuse, pour l'année où elle a été employée, surtout quand on songe qu'une grande partie des engrais n'est pas utilisée dès la première année, que cet excédent reste à la terre, et profitera aux récoltes futures.

Champ d'Orchies.

établi chez M. E. Carlier.

Contenance totale .... 1 hectare.
Contenance des parcelles .... 10 ares.
Nombre des parcelles : 10

Nature du sol. — Le champ d'Orchies était situé au milieu de l'excellente plaine de limon argilo-siliceux d'Orchies. L'analyse donnait par kil :

Azote 1,50
Acide phosphorique 2,00
Potasse 1,60
Chaux 7,50

Plante précédente. — Betteraves à sucre (39,000 k. à l'hec.). L'état de la terre était excellent.

Nature des essais. — Nous avions mis les cinq variétés suivantes en présence :

Blé blanc de Flandre (témoin) (1 et 6).
Blé Stand'up (2 et 7).
Blé Dattel (3 et 8).
Blé roux épi carré paille blanche (sélection Carlier) (4 et 9).
Blé roux épi carré, épi roux, paille rousse (sélection Carlier) (5 et 10).

Au point de vue des engrais, nous avions partagé chaque bande de blé en 2 parcelles égales.

Parcelles 6, 7, 8, 9, 10, sans engrais.
1, 2, 3, 4, 5, avec engrais composé comme suit :
Phosphates de Quiévy. . 600 k. à l'hectare.
Nitrate de soude . . . . 156 k. id.
Chlorure de potassium. . 200 k. id.
ce qui représente une fumure complémentaire de 105 fr. par hectare.

Epandage des engrais. — Le champ était labouré au moment de la semaille des engrais. Ceux-ci ont donc été enfouis le 17 octobre simplement à l'extirpateur. (Phosphates et la moitié du chlorure de potassium).

La seconde moitié du chlorure, et la 1re moitié du nitrate ont été semés en couverture à la levée.

La seconde moitié du nitrate, également en couverture fin février.

Semailles. — Le 20 octobre les cinq blés furent semés.

Levée : Le Stand'up eut une très bonne levée.

Les deux épis carrés une bonne levée.

Le Dattel assez bonne levée.

Le blé blanc de Flandre laissait à désirer.

Végétation. — Les cinq variétés supportèrent assez bien l'effet des gelées. Au début de la végétation, l'effet des engrais se dessinait, toutes les variétés avaient une croissance normale, et ce n'est qu'aux approches de la maturation, que le blé blanc de Flandre versait et montrait son peu de solidité, le Dattel s'inclinait très légèrement et les trois autres variétés restaient parfaitement droites.

Récolte. — La récolte eut lieu dans des conditions normales. Le procès-verbal de la pesée, signé de MM. Leper François, d'Orchies ; Debéthune père, d'Orchies ; Carneau, d'Orchies ; Trehaut, d'Orchies ; Delemer, d'Orchies ; Derégnaucourt, d'Auchy , membres présents de la Commission de pesée, constataient les résultats suivants :

État des rendements à l'hectare.

		Sans engrais.	Phosphates Nitrate Chlorure de Potassium.	Moyennes par variétés.
Blanc de Flandre	Numéros des parcelles	6	1	
	Grain	2660	3050	2850
	Paille	5600	6360	5980
Stand'up.	Numéros des parcelles	7	2	
	Grain	2900	3400	3150
	Paille	5600	6350	5980
Dattel.	Numéros des parcelles	8	3	
	Grain	2900	3450	3200
	Paille	5400	6400	5900
Épi carré roux Carlier N° 3.	Numéros des parcelles	9	4	
	Grain	3200	3750	3350
	Paille	5400	6340	5800
Épi carré roux paille rousse Carlier N° 4.	Numéros des parcelles	10	5	
	Grain	2900	3500	3200
	Paille	4700	6100	5400
Moyennes par fumure.	Grain	2916	3490	
	Paille	5340	6310	

1° L'épi carré roux paille blanche est en tête, avec une moyenne de 3,350 k. de grain ; le Dattel et l'épi carré roux , épi roux , paille rousse, viennent ensuite avec un rendement de 3,200 k. Le blé blanc de Flandre arrive dernier avec 2,850 k.

2° Si l'on examine les résultats fournis respectivement dans chaque variété par les deux fumures, on voit que partout, malgré le haut degré de fertilité de la terre, la fumure témoin est très inférieure en grain et en paille à la fumure d'essai. La différence moyenne est de 5 quintaux de grains à l'hectare.

La Commission estima les produits en grains, à

26 fr. 50 pour toutes les variétés à grain blanc.

25 fr.   id.   roux.

Quant aux produits en paille, ils furent estimés à 37 fr. 50 les 1000 k. pour toutes les variétés en culture témoin, et le stand'up en culture d'essai ; 35 fr. pour toutes les variétés en culture d'essai, sauf le stand'up.

La maturation a été bonne pour toutes les variétés en culture témoin, et pour le stand'up en culture d'essai, passable pour les autres.

Comme résistance à la verse,

Le blé blanc de Flandre fut coté mauvais,

Le Dattel passable et les trois autres variétés bonnes.

Le poids de l'hectolitre de grain fut pour chaque variété de :

79 k.   pour le blé blanc.

81   pour le stand'up.

79 k. 5 pour le Dattel.

79   pour l'épi carré paille blanche.

80   pour l'épi carré roux paille rousse.

Les produits bruts totaux, réels, calculés comme dans les champs précédents sont les suivants :

			Sans engrais.	Phosphates Nitrate Chlorure de potassium.
	N⁰ˢ des parcelles		6	1
Blanc de Flandre.	Produit brut en argent à l'hectare.	Grains	705 »	808 »
		Paille	210 »	223 »
	Produit brut total.		915 »	1.031 »
	Produit brut réel.		915 »	926 »
	N⁰ˢ des parcelles		7	2
Stand'up.	Produit brut en argent à l'hectare.	Grains	768 50	901 50
		Paille	210 »	250 »
	Produit brut total.		978 50	1.151 50
	Produit brut réel.		978 50	1.048 50
	N⁰ˢ des parcelles		8	3
Dattel.	Produit brut en argent à l'hectare.	Grains	848 »	914 »
		Paille	202 50	224 »
	Produit brut total		1.050 50	1.138 »
	Produit brut réel.		1.050 50	1.033 »
Épi carré roux Carlier N⁰ 3.	Produit en argent à l'hectare.	Grains	800 »	937 50
		Paille	202 50	222 »
	N⁰ˢ des parcelles		9	4
	Produit brut total.		1.002 50	1.159 50
	Produit brut réel.		1.002 50	1.049 50
Épi carré roux paille rousse Carlier N⁰ 4.	N⁰ˢ des parcelles		10	5
	Produit brut en argent à l'hectare.	Grains	725 »	875 »
		Paille	176 »	213 50
	Produit brut total		901 »	1.088 50
	Produit brut réel.		901 »	963 50

La variété qui donne le produit brut réel le plus élevé, est l'épi carré roux (Carlier), suivi de très près par le Stand'up. Le produit brut le moins élevé est fourni par le blé blanc de Flandre.

La fumure d'essai donne un excédent de produit brut réel chez toutes les variétés.

Il est le plus élevé pour l'épi carré roux et le moins élevé chez le blanc de Flandre.

Il est donc permis de conclure de ces résultats que, même dans les terres riches cultivées intensivement, on a avantage à donner au blé, en année moyenne, une fumure complémentaire qui ne peut,

les années suivantes que profiter encore à la terre, et de faire usage
de variétés résistantes à la verse.

Les produits bruts, on le remarquera, sont, ici comme à Seclin,
très élevés; on voudra bien, comme à ce dernier champ, ne consi-
dérer que leur caractère comparatif sans chercher à donner une autre
signification à la valeur numérique des chiffres.

Champ de Pitgam
établi chez M. Ch. L. Caloone.

Contenance totale 1h 67
Contenance par parcelle .... 16a 14 a 17a 92
Nombre des parcelles : 8.

Nature du sol. — Terrain siliceo-calcaire noir à sous-sol imperméable en très bon état de culture. L'analyse chimique constatait
par kil.

Azote 1.80
Acide phosphorique 2.00
Potasse 0.90
Chaux 38.00

Plante précédente. — Betteraves de distillerie (78.000 kil. à
l'hectare).

Nature des essais. — a) Les quatre variétés mises en présence
étaient :

Épi carré roux .... (parcelles 1 et 8)
Stand'up .... (parcelles 2 et 7)
Dattel .... (parcelles 3 et 6)
Blé blanc de Flandre ... (parcelles 4 et 5)

b) Les deux fumures employées étaient :

Parcelles 1, 2, 3, 4 : superphosphates ..... 600 kil. à l'hectare;
nitrate de soude ..... 200 kil. à l'hectare.
Dépense à l'hectare : 81 fr.

Parcelles 5, 6, 7, 8 : phosphates de Quiévy, 800 kil. à l'hectare
nitrate de soude ...... 150 kil. à l'hectare;
chlorure de potassium. 200 kil. à l'hectare.
Dépense à l'hectare : 111 fr. 75.

7

Épandage des engrais. — Les engrais suivants furent semés le 20 novembre (après l'égale répartition sur tout le terrain des feuilles de betteraves). Les superphosphates, phosphates et la moitié du chlorure furent enfouis par le labour de semailles qui fut donné le même jour.

La seconde moitié du chlorure et la première moitié du nitrate furent semées en couverture à la levée ; la seconde moitié du nitrate fin février.

Semailles. — Les quatre blés furent semés le 23 novembre.

Levée. — La levée eut lieu dans les premiers jours de janvier. Elle fut bonne pour toutes les variétés sauf pour le Dattel qui ne leva que beaucoup plus lentement, et trop clair. Nous avions déjà remarqué cette particularité à Douzies.

Végétation. — Les quatre variétés supportèrent assez bien l'hiver. Au printemps le Dattel regagnait et était aussi avancé que les autres blés. La différence entre les parcelles à engrais n'a jamais été bien considérable, et ce n'est qu'à la fin de la végétation que l'on pouvait remarquer la supériorité des parcelles à superphosphates et nitrate.

Récolte. — La récolte s'est faite dans de bonnes conditions, et la Commission de pesée, composée de MM. Florent Codron, Jules Declercq, Ch. Becuwe, S. Ardean, Léon Stevenoot, constata les rendements suivants :

État des rendements à l'hectare.

		Superphos-phates, nitrate.	Phosphates de Quiévy, chlorure de potassium, nitrate de soude.	Moyennes des deux fumures par variété.
Épi carré roux	Numéros des parcelles...	**1**	**8**	
	Grain	3470	2970	3200
	Paille	7660	7030	7350
Stand'up	Numéros des parcelles...	**2**	**7**	
	Grain	2830	2690	2750
	Paille	7440	7190	7300
Dattel	Numéros des parcelles...	**3**	**6**	
	Grain	2780	2670	2700
	Paille	8380	7030	7700
Blé blanc de Flandre	Numéros des parcelles...	**4**	**5**	
	Grain	2650	2690	2670
	Paille	7680	7190	7400
Moyenne des 4 variétés par fumures	Grain	2933	2755	
	Paille	7800	7110	

L'épi carré tient la tête pour les rendements ; le blé blanc de Flandre, au contraire, vient le dernier.

On peut aussi remarquer que la fumure aux superphosphates et nitrate donne constamment des produits plus élevés.

On constatera également que la proportion de paille, pour chaque variété, est énorme. Tous les blés étaient, en effet, fort élevés et leur taille provenait évidemment de l'état de fertilité du champ et de l'effet produit par les nombreuses et fortes pluies qui sont tombées à Pitgam pendant la végétation.

Les poids de l'hectolitre de grain furent les suivants :

	SUPERPHOSPHATES, NITRATE.		PHOSPHATE, NITRATE, CHLORURE.	
	Numéros des parcelles.	Poids de l'hectolitre de grain.	Numéros des parcelles.	Poids de l'hectolitre de grain.
Épi carré roux	1	76 k.	8	78 k.
Stand'up	2	79.5	7	80
Dattel	3	79	6	79
Blé blanc de Flandre	4	78	5	80

Le tableau suivant donne l'estimation des produits pour chaque parcelle :

	SUPERPHOSPHATES, NITRATE.			PHOSPHATE, NITRATE, CHLORURE.		
	Numéros des parcelles.	VALEUR DES		Numéros des parcelles.	VALEUR DES	
		100 kil. de grain.	1000 kil. de paille.		100 kil. de grain.	1000 kil. de paille.
Épi carré roux	1	24 f. 50	25 f.	8	25 f. »	25 f.
Stand'up	2	25 50	25	7	25 50	25
Dattel	3	25 50	25	6	25 50	25
Blé blanc de Flandre	4	26 »	25	5	26 »	25

En appliquant ces chiffres à ceux du tableau des rendements, nous obtenons les produits bruts totaux, que nous transformons en produits bruts réels en leur retranchant la dépense en engrais.

État des produits bruts à l'hectare.

			Superphos-phate nitrate.	Phosphates chlorure de potasse nitrate.
	N⁰ˢ des parcelles............................		1	8
Épi carré roux.	Produit brut en argent à l'hectare.	Grains..............................	850 »	742 50
		Paille.............................	191 50	176 »
	Produit brut total............................		1.041 50	918 50
	Produit brut réel.............................		960 50	806 75
	N⁰ˢ des parcelles............................		2	7
Stand'up.	Produit brut en argent à l'hectare.	Grain..............................	722 »	686 »
		Paille.............................	186 «	180 »
	Produit brut total............................		908 »	860 »
	Produit brut réel,............................		827 »	748 25
	N⁰ˢ des parcelles............................		3	6
Dattel.	Produit brut en argent à l'hectare.	Grain..............................	709 »	681 »
		Paille.............................	209 50	176 »
	Produit brut total............................		918 40	857 »
	Produit brut réel.............................		837 50	745 25
	N⁰ˢ des parcelles............................		4	5
Blé blanc de Flandre.	Produit brut en argent à l'hectare.	Grain..............................	689 »	699 »
		Paille.............................	192 »	180 »
	Produit brut total............................		881 »	879 »
	Produit brut réel.............................		800 »	767 25

C'est donc encore l'épi carré qui donne le produit brut le plus élevé et le blé blanc de Flandre le moins avantageux. M. Caloone estime néanmoins qu'il a avantage, en année moyenne, à cultiver le Dattel et le stand'up qui ont toujours une excellente maturation.

Quant aux fumures, celle aux superphosphates et nitrate, semble bien préférable dans tous les cas, et pour toutes les variétés.

Champ de Warhem,
établi chez M. Ch. Bollengier.

Contenance totale.................................. 1 h. 13 a. 50
Contenance des parcelles...................... 11 a. 47 à 16 a. 37.

Nombre des parcelles : 8

Nature du sol. — Argilo-siliceux noir, à sous sol imperméable, donnant à l'analyse par kil. :

Azote.. 1.70
Acide phosphorique 1.80
Potasse 1.70
Chaux 8.00

Dernière récolte. — Betteraves de distillerie (80,000 k. à l'hectare).

Nature des essais. — *a*) *Variétés* :

Comparaison des variétés suivantes :

Blé blanc de Flandre (parcelles 1 et 5).
Blé blanc velouté (parcelles 2 et 6).
Blé de stand'up (parcelles 3 et 7).
Blé Dattel (parcelles 4 et 8).

b) *Fumures.* — Les bandes de variétés avaient été partagées transversalement en deux bandes qui recevaient des fumures différentes :

Parcelles 5, 6, 7, 8 : Tourteaux de colza des Indes : 1,000 k. à l'h⁰.
—   Nitrate de soude............   150   —
Dépense 164 fr.

Parcelles 1, 2, 3, 4 : Superphosphates ....   500 k. à l'h⁰.
—   Phosphates de Quiévy........   500   —
—   Chlorure de potassium......   150   —
—   Nitrate de soude.............   150   —
Dépense à l'hectare 116 fr.

Épandage des engrais. — Les feuilles de betteraves furent réparties également dans tout le champ. Les superphosphates, les phosphates et la moitié du chlorure de potassium furent épandus sur les parcelles 1, 2, 3, 4 ; le labour de semailles enfouit le tout, le 19 novembre.

Au moment de la levée, la seconde moitié du chlorure, et la première moitié du nitrate, furent semées en couverture, et fin février, la seconde moitié du nitrate, fut épandue également en couverture.

Semailles. — Les quatre variétés furent semées le 23 novembre, dans de bonnes conditions.

Levée. — Le blé blanc de Bergues leva le premier, vint ensuite le velouté et enfin le stand'up. Le Dattel, eut une levée très lente et très claire. — C'est un fait que nous avons déjà eu l'occasion de remarquer dans plusieurs champs.

Végétation. — Les quatre variétés ont bien supporté la période hivernale. Le printemps a été favorable au début, et trop sec vers la fin. Pendant l'été, au contraire, les céréales ont eu beaucoup à souffrir des ouragans.

La différence entre les deux bandes d'engrais n'a jamais été bien considérable. Néanmoins, la bande aux tourteaux s'est toujours maintenue plus verte que la bande aux engrais chimiques.

Récolte. — MM. H. Mormentyn, Alb. Vermaere, et Markey de Warhem, membres de la Commission de pesée, ont constaté les rendements suivants :

État des rendements à l'hectare.

		Superphosphate chlorure phosphate nitrate.	Tourteaux nitrate.	Moyenne des 2 fumures par variété.
Blanc de Flandre.	Numéros des parcelles	1	5	
	Grain	2.723	2.395	2.559
	Paille	4.973	4.182	4.577
Blé blanc velouté	Numéros des parcelles	2	6	
	Grain	2.329	2.566	2.444
	Paille	4.152	4.323	4.237
Stand'up	Numéros des parcelles	3	7	
	Grain	2.343	2.513	2.428
	Paille	3.565	4.156	3.860
Dattel	Numéros des parcelles	4	8	
	Graine	3.066	2.645	2.855
	Paille	4.893	4.058	4.475
Moyenne des 4 variétés par fumure.	Grain	2.613	2.530	
	Paille	4.395	3.180	

On voit que c'est le Dattel qui fournit les rendements les plus élevés: il est suivi de près par le blé blanc de Flandre. — M. Bollengier préfère néanmoins le Stand'up et le velouté, car leur paille, plus courte, est plus solide, les préserve mieux de la verse. — Voici d'ailleurs la hauteur de paille des 4 variétés :

	TAILLE MOYENNE DES BLÉS			
	ENGRAIS CHIMIQUES.		TOURTEAUX.	
	Nos des parcelles.	Taillé.	Nos des parcelles.	Taille.
Blé blanc de Flandre	1	1.40	5	1.40
Blé blanc velouté	2	1.20	6	1.20
Blé stand'up	3	1.23	7	1.25
Blé Dattel	4	1.45	8	1.42

Si l'on compare l'effet moyen produit par les deux fumures, on voit qu'au point de vue des rendements, l'avantage reste à la fumure aux engrais chimiques, quant au grain et quant à la paille l'estimation des produits donne les résultats suivants :

	FUMURES AUX ENGRAIS CHIMIQUES.			FUMURES AUX TOURTEAUX.		
	Nos des parcelles.	VALEUR MARCHANDE.		Nos des parcelles.	VALEUR MARCHANDE.	
		des 100 k. de grain.	des 1000 k. de paille.		des 100 k. de grain.	des 1000 k. de paille.
Blé blanc de Flandre	1	26	28	5	26	27
Blé blanc velouté	2	24	25	6	24	25
Blé stand'up	3	24	25	7	24	25
Blé Dattel	4	24	25	8	24	25

Le poids de l'hectolitre de grain était identique pour les deux fumures, par variété. — Voici les poids constatés :

Blé blanc de Flandre . . . 80 k. l'hectolitre.
Blé blanc velouté . . . 78.5 id.
Blé Stand'up . . . 79 id.
Blé Dattel . . . 79 id.

En appliquant les prix ci-dessus aux chiffres donnés dans le tableau des rendements, on arrive à établir l'état suivant représentant les produits bruts en argent à l'hectare.

Les produits bruts réels ont été obtenus, en retranchant de chaque produit brut total, la dépense en engrais à l'hectare de chaque parcelle.

État des produits bruts à l'hectare.

			Superphosphates phosphate chloruré nitrate	Tourteaux et nitrate	Moyennes des produits bruts réels par variétés
Blanc de Flandre.	Nᵒˢ des parcelles		1	5	
	Produit brut en argent à l'hectare.	grain	708	623	
		paille	139	113	
	Produit brut total.		847	736	
	Produit brut réel.		731	572	651
Blanc velouté.	Nᵒˢ des parcelles		2	6	
	Produit brut en argent à l'hectare.	grain	557	616	
		paille	104	108	
	Produit brut total.		661	724	
	Produit brut réel.		545	560	552
Stand up.	Nᵒˢ des parcelles		3	7	
	Produit brut en argent à l'hectare.	grain	562	603	
		paille	89	104	
	Produit brut total.		651	707	
	Produit brut réel.		535	543	539
Dattel.	Nᵒˢ des parcelles		4	8	
	Produit brut en argent à l'hectare.	grain	735	635	
		paille	122	101	
	Produit brut total.		857	736	
	Produit brut réel.		741	572	656
Moyennes des produits bruts réels par fumure.			638	561	

On voit que le Dattel conserve son avance, et fournit le produit brut moyen le plus élevé. — Le blé blanc conserve également son rang.

Quant aux fumures, celle qui paraît la plus avantageuse, est celle aux engrais chimiques, puisque les produits bruts moyens des 4 variétés nous donnent 638 fr. à l'hectare, tandis que le même produit n'est que de 561 fr. pour la fumure aux tourteaux.

Champ de Gonnelieu
établi chez M. Sauvet.

Contenance totale...................... 90a.47
Contenance des parcelles............... 22a.60

Nombre des parcelles : 4.

Nature du sol. — Argilo-siliceux en bon état, donnant à l'analyse :

Azote............................. 1.40
Acide phosphorique................ 1.70
Potasse........................... 1.50
Chaux............................. 10.00

Plante précédente. — Betteraves à sucre, suivies d'un parcage.

Nature des essais :

a) Essai de deux variétés : Le blé Victoria roux (parcelles 1 et 3).

Le blé Stand'up (parcelles 2 et 4).

b) Essai d'engrais :

Une bande sans engrais (parcelles 1 et 2).
Une bande avec posphates de Quiévy . . . 400 k. à l'hectare.

Chlorure de potassium. . . . 200 k. à l'hectare.
Nitrate de soude . . . . 150 k. à l'hectare.

La dépense en engrais est de 93 fr. par hectare.

Épandage des engrais. — Les phosphates et la moitié du chlorure ont été épandus le 8 novembre, et enfouis par le labour de semailles.

La seconde moitié du chlorure, et la première moitié du nitrate à la levée, en couverture, et la seconde moitié du nitrate également en couverture, fin février.

Semailles. — Exécutées dans de bonnes conditions le 11 novembre 1889.

Levée. — La levée a été bonne pour les deux variétés; s'est effectuée vers le 10 janvier.

Végétation. — Les deux variétés ont bien supporté l'hiver.

Le Stand'up a beaucoup tallé, et la végétation a été normale chez les 2 variétés. L'effet des engrais s'était parfaitement dessiné.

Récolte. — La récolte s'est faite dans de bonnes conditions; mais la rentrée du produit de la parcelle N° 4. (Stand'up avec engrais) s'est faite par temps humide. — Nous verrons que cet incident fâcheux a eu pour résultat de faire baisser la valeur marchande du grain de cette parcelle.

Les rendements, constatés par MM. Mazy, Caille-Lesage, Caille, Auguste, Calart et Sauvet, ont été les suivants :

État des rendements à l'hectare.

		Sans engrais.	Phosphates Chlorure de potassium nitrate.	Moyennes des deux fumures par variété
Victoria roux.	Numéros des parcelles........	1	3	
	Grain.................	2920	2730	2825
	Paille.................	6283	5820	6051
Standup.	Numéros des parcelles........	2	4	
	Grain.................	2637	3000	2818
	Paille.................	6415	7320	6867
Moyennes des 2 variétés par fumure........	Grain............	2778	2865	
	Paille............	6350	6570	

On voit que la parcelle N° 4, (Stand'up avec engrais) donne les rendements les plus élevés. — Le blé a bien résisté à la verse. — Il n'en est pas de même du Victoria cultivé avec cette même fumure, qui a eu fort à souffrir des ouragans, qu'il n'a pu supporter. — Son rendement est beaucoup moins élevé par suite de cette circonstance.

Le Stand'up sans engrais a été très inférieur comme rendement. Cette variété est d'ailleurs très exigeante. La maturation du Victoria, malgré la verse, a été assez bonne, mais chez le Stand'up elle était meilleure. Voici l'estimation des produits :

	SANS ENGRAIS		AVEC ENGRAIS	
	GRAIN les 100 kil.	PAILLE les 1000 kil.	GRAIN les 100 kil.	PAILLE les 1000 kil.
Victoria roux.............	25	37	25	37
Stand'up.................	25	37	24,40	37

En appliquant ces chiffres à ceux du tableau des rendements, on obtient les produits bruts suivants :

État des produits bruts à l'hectare.

			Sans engrais.	Phosphates, chlorure de potassium, nitrate.	Moyennes des produits bruts réels par variété.
Victoria roux.	Nᵒˢ des parcelles		1	3	
	Produit brut en argent	grain................	730	682	
	à l'hectare	paille.	232	215	
	Produit brut total		962	898	
	Produit brut réel		962	805	883
Stand'up.	Nᵒˢ des parcelles		2	4	
	Produit brut en argent	grain.................	659	732	
	à l'hectare	paille............	237	271	
	Produit brut total		896	1.003	
	Produit brut réel		896	910	903
Moyennes des produits bruts réels par fumure..........			929	857	

Le produit brut le plus élevé est donné par le Stand'up avec engrais. — Le Stand'up sans engrais rend beaucoup moins.

Pour le Victoria roux, sa culture sans engrais est à recommander, car il ne peut supporter de trop fortes fumures.

Le produit brut *réel* est le plus élevé chez le Victoria roux sans engrais — et chez le Stand'up avec engrais. — Le chiffre est le moins élevé dans la parcelle 3 (Victoria avec engrais) par suite des dommages causés par la verse.

Champ d'Arnèke

Établi chez M. Becquaert.

Contenance totale............ 1ʰ 12ᵃ 51
Contenance des parcelles............ 21ᵃ 23 et 32ᵃ 36
Nombre des parcelles : 4

Nature du sol. — Argileux, à sous-sol argileux imperméable contenant :

Azote...................................	1.60
Acide phosphorique................	2.00
Potasse................................	1.80
Chaux..................................	9.50

Plante précédente : Betteraves fourragères.

Nature des engrais. — *a)* Variétés :

Blé blanc de Flandre (1 et 3).
Blé Stand'up — (2 et 4).

b) fumures :

Parcelles 3 et 4 : Fumier.

Nitrate 225ᵏ à l'hectare, soit une dépense de 46 fr. à l'hectare sans le fumier.

Parcelles 1 et 2 : Fumier, 20,000ᵏ à l'hectare.
Phosphates de Quiévy, 400ᵏ id.
Nitrate, 100ᵏ id.
Chlorure de Potassium, 200ᵏ id.

soit une dépense de 83 fr. à l'hectare sans le fumier.

Épandage des engrais. — Le fumier, le phosphate et la moitié du chlorure, furent épandus avant le labour de semailles le 15 novembre. La seconde moitié du chlorure et la première partie du nitrate à la levée, la seconde moitié du nitrate fin février.

Levée et végétation. — La levée fut complète dans les premiers jours de janvier. — L'hiver fut bien supporté par les deux variétés. La période de croissance fut normale, seulement le blé blanc de Flandre fut culbuté par les orages de l'été.

Récolte. — La Commission de pesée composée de MM. Duboo-Wydeauw, Vandaele et Lechène, constata les produits suivants :

État des rendements à l'hectare.

		Fumier, nitrate, chlorure de potassium, phosphates.	Fumier, nitrate	Moyennes des deux fumures par variétés.
Blé blanc de Flandre	Numéros des parcelles	**1**	**3**	
	Grain	23 74	27 23	25 48
	Paille	57 50	55 90	56 70
Stand'up	Numéros des parcelles	**2**	**4**	
	Grain	26 67	21 90	24 28
	Paille	48 90	43 20	
Moyennes des deux variétés par engrais	Grain	25 20	24 56	
	Paille	53 20	49 55	

Il est à regretter que la Commission de pesée n'ait pas cru devoir procéder à l'estimation des produits. Il fut seulement constaté que le Stand'up a une grande résistance à la verse.

Champ de Salesches

Établi chez M. Boulangé.

Contenance totale 1ʰ 69ᵃ 24
Contenance des parcelles 18ᵃ 88
Nombre des parcelles : 8

Nature du sol. — Argilo-siliceux en bon état de culture. Voici sa composition par kil. :

Azote 1.50
Acide phosphorique 1.60
Potasse 1.80
Chaux 12.00

Plante précédente. — Betteraves de distillerie.

Essais entrepris. — *a)* Variétés :

Parcelles 1 et 5 : Blé blanc velouté épi long.
   Id.   2 et 6 : Blé Dattel.
   Id.   3 et 7 : Blé Stand'up.
   Id.   4 et 8 : Mélange par tiers : blanc velouté, Dattel,
         Stand'up.

Notre but était de comparer les produits que devaient donner trois variétés, à leur mélange. Le blé blanc velouté a été envoyé à M. Boulangé par erreur, c'était le Roseau qui devait être ensemencé sur les parcelles 1 et 5. Ce remplacement inattendu du Roseau par le blé velouté a été préjudiciable au rendement des parcelles à mélange, car ce dernier a une maturation plus tardive que le Dattel et le Stand'up. Le Roseau n'aurait pas été dans le même cas, puisqu'il a la même précocité que ces deux variétés.

b) Deux bandes d'engrais :

1° Parcelles 1-2-3-4 : Nitrate, 100^k à l'hectare. — Dépense, 24 fr.
2° Parcelles 5-6-7-8 : Superphosphates,   300^k à l'hectare.
              Phosphates de Quiévy,   400^k id.
              Nitrate de soude,   150^k id.
              Chlorure de potassium, 150^k id.
   Dépense, 100 fr.

Épandage des engrais. — Les superphosphates, phosphates et la moitié du chlorure ont été enfouis à l'extirpateur le 24 novembre. — La seconde moitié du chlorure et la première du nitrate, semées à la levée (4 janvier).
La seconde partie du nitrate, fin février.

Levée et végétation. — Les semailles ont été effectuées le 25 novembre, mais la dose distribuée par le semoir a été trop faible. — D'autre part, les campagnols et les corbeaux ont occasionné d'assez importants dégâts.
La végétation estivale a été bonne, et la récolte normale.
La Commission de pesée composée de MM. J. Denis, Denis-Brecq, Pacquemart et Delcroix, cultivateurs à Salesches, constatait les résultats suivants :

État des rendements à l'hectare.

		Nitrate de soude.	Superphosphates, phosphates, nitrate, chlorure de potassium.	Moyennes des deux fumures par variété.
Blanc velouté.	Numéros des parcelles..	**1**	**5**	»
	Grain.	2065	2545	2300
	Paille.	4543	5090	4800
Dattel.	Numéros des parcelles..	**2**	**6**	»
	Grain.	1962	2627	2250
	Paille.	3994	5300	4650
Stand'up.	Numéros des parcelles...	**3**	**7**	»
	Grain.	2329	2373	2350
	Paille.	5590	4757	5200
Velouté.)	Numéros des parcelles..	**4**	**8**	»
Dattel.) mélangés.	Grain.	2425	2572	2500
Stand'up.)	Paille.	5379	5915	5650
Moyennes des varié- (	Grain.	2180	2529	»
tés par fumure.... (	Paille.	4877	5266	»

On peut voir que c'est le Dattel avec engrais qui donne les rendements les plus élevés. Si l'on prend le chiffre des moyennes des deux engrais par variété, on constate que c'est le mélange qui tient la tête, et au contraire le Dattel qui rend le moins, car la parcelle de Dattel au nitrate seul était très faible

Les parcelles avec engrais donnent des produits beaucoup plus élevés.

Les quatre blés ont été estimés 25 fr. les 100 kil. de grain, et 52 fr. les 1000 kil. de paille.

Le tableau suivant résume les produits bruts en argent à l'hectare:

État des produits bruts à l'hectare.

			Nitrate de soude.	Superphosphates, phosphates, chlorure de potassium, nitrate.	Moyennes des produits bruts réels par variété.
Blanc velouté......		Numéros des parcelles..	1	5	»
		Produit brut en { Grain.	516	636	»
	argent à l'hectare { Paille.		236	265	»
		Produit brut total......	752	901	»
		Produit brut réel......	728	801	764
Dattel...........		Numéros des parcelles..	2	6	»
		Produit brut en { Grain.	475	657	»
	argent à l'hectare { Paille.		208	276	»
		Produit brut total......	683	933	»
		Produit brut réel......	659	833	746
Stand'up..........		Numéros des parcelles..	3	7	»
		Produit brut en { Grain.	582	593	»
	argent à l'hectare { Paille.		291	247	»
		Produit brut total......	873	840	»
		Produit brut réel......	849	740	794
Velouté..	mélangés	Numéros des parcelles..	4	8	»
Dattel...		Produit brut en { Grain.	606	643	»
Stand'up.		argent à l'hectare { Paille.	280	307	»
		Produit brut total......	886	950	»
		Produit brut réel......	862	850	856
Moyennes des produits bruts par fumure......			774	806	»

Le produit brut réel moyen le plus élevé a été donné par le mélange, circonstance à laquelle on devait s'attendre, et ce mélange aurait été vraisemblablement plus avantageux encore, si au lieu du blanc velouté on avait fait usage du roseau qui est de la même précocité que les deux autres variétés,

Quant aux deux bandes d'engrais, celle aux engrais chimiques donne non seulement plus de rendements, mais elle peut être considérée comme plus avantageuse que celle au nitrate seul, puisque son produit brut réel moyen est de 806 fr. contre 774.

Champ de Bailleul

établi dans les cultures de l'asile d'aliénées.

Contenance totale. 96ᵃ 52
Contenance des parcelles. . . . . 10ᵃ 11 à 10ᵃ 59
Nombre des parcelles : 8.

Nature du sol. — Argilo-siliceux d'excellente nature et en très bon état. L'analyse chimique donnait la composition suivante :

Azote. 1.20
Acide phosphorique. 1.30
Potasse. 2.00
Chaux. 9.50

Plante précédente. — Betteraves fourragères.

Nature des essais. — *a)* Variétés :
1º (1 et 8), blé de l'Asile Nº 1 (Nursery) ;
2º (2 et 7), Stand'up ;
3º (3 et 6), Dattel ;
4º (4 et 5), blé de l'Asile Nº 2.

b) Fumures :
1º (1, 2, 3, 4), bande sans engrais ;
2º 5, 6, 7, 8 : superphosphates, 300 kil. à l'hectare ; phosphates, 400 kil. à l'hectare ; nitrate de soude, 150 kil. à l'hectare ; chlorure de potassium, 150 kil. à l'hectare.
Dépense à l'hectare : 100 fr.

Enfouissement des engrais. — Les engrais ont été enfouis à l'extirpateur (superphosphates, phosphates, moitié du chlorure de potassium). La seconde moitié du chlorure et la première moitié du nitrate furent semés à la levée, et enfin la deuxième moitié du nitrate fin février.

Semailles et levée. — Le 21 novembre, les quatre variétés furent mises en terre. La levée fut très bonne, sauf pour le Dattel, qui germa trop lentement, et beaucoup trop clair.

Végétation. — La végétation fut assez bonne, mais malheureusement le champ eut fort à souffrir des ouragans. A la maturation, la

8

plupart des parcelles étaient versées ou fortement appuyées. La maturation fut mauvaise et la grande quantité du petit grain que l'on constatera dans le tableau suivant en est la preuve.

État des rendements à l'hectare.

		Sans engrais	Superphosphates, phosphates, nitrate, chlorure de potassium.	Moyennes des deux fumures par variété.
Blé de l'Asile Nº 1	Numéros des parcelles...	1	8	"
	Gros grain...	2010	2140	2075
	Petit grain...	105	245	175
	Paille...	5950	7030	6490
Stand'up	Numéros des parcelles...	2	7	"
	Gros grain...	2440	2380	2410
	Petit grain...	170	135	152
	Paille...	6760	6290	6520
Dattel	Numéros des parcelles...	3	6	"
	Gros grain...	2500	2320	2410
	Petit grain...	205	170	187
	Paille...	5830	5980	5905
Blé de l'Asile Nº 2	Numéros des parcelles...	4	5	"
	Gros grain...	2050	2090	2070
	Petit grain...	180	250	215
	Paille...	6140	6050	6095
Moyennes des 4 variétés par fumure.	Gros grain...	2000	2482	"
	Petit grain...	165	200	"
	Paille...	6170	6337	"

On peut remarquer à l'examen des chiffres du tableau précédent, que, pour une terre comme celle où nous opérions, les rendements sont fort peu élevés. — Le Stand'up et le Dattel procurent les meilleures moyennes. Quant aux engrais ils ne donnent qu'une faible différence.

Il est, croyons-nous inutile de nous livrer à la discussion de ces résultats, qui ont été obtenus dans de trop mauvaises conditions. — Nous comptons recommencer nos essais en 1890-91 à Bailleul.

Champ d'Awoingt

établi chez M. Pluvinage.

Contenance totale.................... 3ʰ.44ᵃ.73
Contenance des parcelles .... 26ᵃ.02 à 34ᵃ.02
Nombre de parcelles : 11.

Nature du sol. — Argilo-calcaire en bon état de culture.

Cette pièce de terre est soumise depuis quelques années à la culture du blé et de la betterave.

Les betteraves reçoivent 60,000 k. de fumier à l'hectare, et 200 k. de nitrate, ou bien des vinasses.

Le blé ne reçoit généralement pas d'engrais, mais quelquefois on lui donne en couverture 100 k. de nitrate de soude à l'hectare.

La récolte de betteraves de 1889 donnait 73,000 k. de racines à collet rose Nº 2.

Le champ fut divisé en 11 parcelles de 34 ares chacune.

Le 26 octobre, M. Pluvinage fit semer au semoir, à 0ᵐ165ᵐᵐ d'écartement de lignes, les 11 variétés suivantes :

NUMÉROS des parcelles.	SURFACES ensemencées	VARIÉTÉS	DOSES de semence à l'hectare.
1	34ᵃ.08	Bordeaux............................	171 litres.
2	34.08	Lamed...............................	171 »
3	34.08	Épi carré roux.......................	151 »
4	26.02	Goldendrop..........................	115 »
5	26.02	Victoria blanc.......................	115 »
6	26.02	Stand'up............................	120 »
7	26.02	Roseau (récolté à Cappelle)..........	128 »
8	26.02	Lemmens............................	122 »
9	26.02	Cambridge...........................	115 »
10	26.02	Merville (Blanc de Flandre)..........	120 »
11	34.08	Roseau (récolté à Coutiches).........	129 »

Levée. — Elle eut lieu du 15 au 22 novembre.

Le Goldendrop germa plus difficilement que les autres variétés ; au point de vue de la régularité de la levée, toutes les variétés furent satisfaisantes, sauf le Goldendrop et le Stand'up.

Végétation. — A la fin de l'hiver ces deux variétés seules semblaient plus maigres — les autres ne laissaient rien à désirer. — Le Golden-drop paraissait souffrir légèrement, le Stand'up était toujours plus clair, mais la plante était vigoureuse.

Après l'épiage, plusieurs variétés s'inclinèrent sous l'effort des ouragans. On pouvait à cette époque les classer comme suit, quant à la régularité :

        Numéros 1 Épi carré roux.
           —   2 Roseau (de Coutiches).
           —   3 Goldendrop.
           —   4 Lamed.
           —   5 Bordeaux.
           —   6 Lemmens.
           —   7 Stand'up.
           —   8 Victoria.
           —   9 Roseau (de Cappelle).
           —   10 Cambridge.
           —   11 Merville (blanc de Flandre).

Si au contraire nous prenons comme base la hauteur des tiges, nous avons le classement suivant :

        Numéros 1 Merville (blanc de Flandre).
           —   2 Cambridge.
           —   3 Roseau (de Cappelle).
           —   4 Victoria blanc.
           —   5 Bordeaux.
           —   6 Goldendrop.
           —   7 Lamed.
           —   8 Épi carré roux.
           —   9 Stand'up.
           —   10 Lemmens.
           —   11 Roseau (de Coutiches).

A cette époque, la végétation diffère très peu ; les trois dernières, semblent légèrement en retard, mais elles peuvent être tout aussi satisfaisantes plus tard quant au rendement.

Vers la fin de la végétation les mauvais temps produisirent de la verse, mais la maturation et la récolte eurent lieu dans des conditions très suffisantes.

Rendements à l'hectare.

NUMÉROS des parcelles.	VARIÉTÉS	Rendements à l'hectares.	
		GRAIN	PAILLE
1	Bordeaux	2.600 k.	6.600 k.
2	Lamed	2.200	6.150
3	Épi carré roux	2.750	6.480
4	Goldendrop	2.500	5.900
5	Victoria blanc	2.300	5.850
6	Stand up	2.200	5.460
7	Roseau (de Cappelle)	2.030	5.280
8	Lemmens	2.350	5.640
9	Cambridge	2.420	5.900
10	Merville	2.270	5.690
11	Roseau	2.450	5.800

Le tableau suivant donne les renseignements complémentaires sur la récolte :

VARIÉTÉS	RÉSISTANCE			Précocité.	Couleur à la maturation.	Qualité de la paille.	Qualité du grain.	Poids de l'hectolitre.	Hauteur moyenne des tiges.
	à la verse.	à la rouille.	au charbon.						
								kil.	
Bordeaux	B	P	B	précoce.	P	P	B	75	1m35
Lamed	B	B	M	tard.	P	P	M	75	1.30
Épi carré roux	B	B	B	moyenne.	B	P	P	75	1.27
Goldendrop	B	B	B	tardive.	B	P	B	75	1.23
Victoria blanc	M	B	B	précoce.	B	B	B	76	1.36
Stand up	P	B	B	moyenne.	B	B	B	76	1.20
Roseau (de Cappelle)	M	B	M	moyenne.	B	B	P	74	1.37
Lemmens	P	B	B	moyenne.	B	B	B	75	1.20
Cambridge	M	B	B	moyenne.	B	B	B	75	1.38
Merville	M	B	M	précoce.	P	B	B	75	1.40
Rosseau (de Coutiches)	B	B	B	moyenne.	B	B	B	76	1.15

Le tableau suivant donne la valeur marchande des produits, et les produits bruts à l'hectare.

VARIÉTÉS	VALEUR marchandé		PRODUITS BRUTS en argent à l'hectare			CLASSEMENT d'après les produits bruts.
	des 100 k. de grain.	des 1000 k. de paille.	en grain.	en paille.	produit brut total.	
Bordeaux...	25	35	650	231	881	1
Lamed...	20	35	440	215	655	11
Épi carré roux...	23 50	35	634 50	192 50	827	4
Goldendrop...	24	35	672	206 50	878 50	2
Victoria blanc...	25	40	575	234 50	809 50	7
Stand'up...	25	40	550	218	768	8
Roseau (de Cappelle)...	24	42	487	223	710	10
Lemmens...	25	40	588	226	814	6
Cambridge...	25	42	600	236	741	9
Merville...	25	42	575	248	823	5
Roseau (de Coutiches)...	25	40	612 50	232	854 50	3

CHANVRE.

Le chanvre est une plante peu cultivée dans notre département ; la faveur dont elle jouissait autrefois dans les cantons de St-Amand et de Marchiennes semble décroître de jour en jour, par suite de la concurrence énorme que lui font les produits similaires étrangers.

Il nous a cependant paru intéressant et utile, d'établir dans le centre de culture du chanvre dans le Nord, *un essai préliminaire*, dont les résultats pourront nous guider dans les recherches ultérieures que nous entreprendrons probablement.

Champ de St-Amand
établi chez M. Emile Davaine.

Contenance totale .... 71ᵃ 28.
Contenance des parcelles .... 5ᵃ 94.
Nombre des parcelles, 12.

Le terrain mis à notre disposition par M. Emile Davaine est un sol argilo siliceux humifère, favorable à la culture du chanvre. — Il portait du blé l'année précédente.

Le champ fut divisé en deux bandes longitudinales. L'une reçut comme base de fumure : Nᵒˢ 1, 3, 5, 7, 9, 11 : 30,000 k. fumier de ferme à l'hectare.

L'autre : Nᵒˢ 2, 4, 6, 8, 10, 12 : 1,000 k. de tourteaux de colza des Indes à l'hectare.

Nous ne voulons pas, suivant l'habitude que nous avons prise, estimer le fumier, car nous considérons que la valeur que nous pourrions lui donner ne serait qu'arbitraire.

Les tourteaux ont leur valeur marchande, mais nous n'en tiendrons pas compte, puisque non plus, nous n'évaluons pas le fumier.

Les deux bandes que nous avons en présence, l'une avec tourteaux, l'autre au fumier, ne sont donc pas comparables. — Nous considérons ces deux bandes comme deux champs d'expériences différents, que nous ne pourrons, à notre grand regret, comparer entre elles au moyen de chiffres.

Chacune de ces bandes reçut donc comme complément de fumure d'essai, les doses suivantes d'engrais de commerce.

Nᵒˢ DES PARCELLES			Doses à l'hectare.	Dépenses en argent à l'hectare.
Bande au fumier.	Bande aux tourteaux.			
1	2	Sans engrais complémentaire	»	»
3	4	Superphosphates	600 k	40 fr.
5	6	Chlorure de potassium	300 »	66 »
7	8	Nitrate de soude	200 »	96 »
9	10	Superphosphates	400 »	70 50
		Chlorure de potassium	200 »	
11	12	Superphosphates	400 »	
		Chlorure de Potassium	200 »	106 fr.
		Nitrate de soude	200 »	

Les superphosphates et le chlorure de potassium furent enfouis à l'extirpateur, et le nitrate de soude fut semé à la levée en couverture.

Le champ entier fut ensemencé le 15 mai, au moyen de la variété ordinaire du pays.

La végétation fut très normale; dès que le chanvre eut pris un certain développement il était évident, que la bande au fumier était supérieure à celle avec tourteaux. — Cette différence s'est maintenue.

L'effet produit par les engrais complémentaires se dessinait également d'une façon très marquée, et indiquait facilement les prévisions certaines dans les rendements. Une parcelle portant le N° 0, que nous avions laissée au milieu du champ, et où l'on n'avait mis ni fumier ni tourteau ni engrais complémentaire, était d'une infériorité marquée.

Le tableau suivant donne pour chaque parcelle les rendements à l'hectare en filasse.

	BANDE AU FUMIER		BANDE AUX TOURTEAUX	
	N°s des parcelles	Rendements à l'hectare	N°s des parcelles	Rendements à l'hectare
N° 0 : Sans engrais : 750 kil. à l'hectare.				
Sans engrais complémentaire............	1	1203 k.	2	1205
Superphosphates....................	3	1206	4	1210
Chlorure de potassium..............	5	1210	6	1212
Nitrate de soude	7	1250	8	1215
Superphosphates et chlorure.........	9	1220	10	1222
Superphosphates, chlorure et nitrate...	11	1300	12	1303

La qualité fut représentée par des chiffres variant de 1 à 10.

	Bande au fumier.		Bande aux tourteaux.	
	Numéros des parcelles.	Cote de la qualité	Numéros des parcelles.	Cote de la qualité.
Sans engrais complémentaire............	1	7	2	6
Superphosphates...................	3	7.5	4	6.5
Chlorure de potassium...............	5	9	6	8
Nitrate de soude	7	6	8	5
Superphosphates et chlorure.........	9	9	10	8
Superphosphates, chlorure et nitrate...	11	8	12	7

On ne peut tirer d'un essai préliminaire, dont le rouissage a été entravé par un hiver rigoureux comme celui de 1890-91, des renseignements bien complets. — De nombreux éléments nous manquent, mais le tableau précédent et néanmoins suffisant pour nous montrer l'influence énorme que peuvent avoir les sels de potasse sur la qualité du chanvre comme matière textile.

La formule aux superphosphates, sels de potasse et nitrate de soude, au fumier (11) ou au tourteau (12), semble réunir quantité et qualité. — Nous pouvons ajouter également, que ces deux parcelles 11 et 12, ont donné beaucoup plus de graines, et que cette graine était de meilleure qualité.

TABLE DES MATIÈRES.

———

Lille Imp. L. Danel.

www.ingramcontent.com/pod-product-compliance
Lightning Source LLC
Chambersburg PA
CBHW060819250626
47162CB00005B/1859